The Complete Sherlock Holmes

HIS LAST BOW

by Arthur Conan Doyle

福爾摩斯探案全集 7

最後致意【收錄原著插畫】

柯南・道爾／著
吳樺／譯

好讀出版

目次
CONTENTS

前言

夏洛克·福爾摩斯先生的朋友們會很高興地知道，他雖然有時候會因爲受風濕病的折磨而走路有些跛，但仍然很健康。多年來，他一直住在離伊思塔本五英里以外的一個有著丘陵和草原的農場上，研究哲學和農藝打發時間。在此休息階段，決意歇手不幹的他謝絕了許多報酬頗爲優厚的案件。但因爲德國執意要發動戰爭，他再次回應政府的請求，成功地將智慧和實踐相結合，取得了《最後致意》中所描述的非凡成績。很早以前就存放在我的公事包裡的幾宗案件記錄，也一併收錄在《最後致意》中，以使它們得以編輯成集。

醫學博士

約翰·H·華生

第一篇　柴藤林屋案

I　約翰·斯科特·愛克爾斯先生的奇怪經歷

從筆記本的記錄中我發現，那是一八九二年三月底一個陰冷多風的日子。在我們吃午飯時，福爾摩斯收到了一份電報，且很快地給了回覆。他雖然沒有說話，但是看得出來心中一直想著這件事，隨後他站在爐火前，帶著沉思的神情，抽著菸斗，不時地瞥一眼那份電報。突然，他轉過身對著我，眼裡閃過一絲淘氣。

「華生，我想我們不妨把你當成一位文學家，」他說，「你怎麼解釋『怪異』這個詞？」

「奇怪——不尋常。」我回答說。

他搖搖頭表示不同意我的定義。

「肯定還有更多的意思，」他說，「事實上它還有悲慘和可怕的含義。如果想一想你那些長期以來一直折磨大眾的文章，你就會意識到『怪異』這個詞更深的含義往往就是犯罪。想想『紅髮會』那件事吧，開始時很怪異，結果卻是不顧一切地企圖搶劫。或者，再想一想『致命的橘核』那件案子，也是再怪異不過了，結果卻直接牽涉到一件謀殺案。因此，我總是對『怪異』這個詞有警惕之心。」

「這份電報裡有這個詞嗎？」我問。

他大聲地讀起電文來。

遇難以置信又怪異之事。能否賜教？

斯科特・愛克爾斯
查林十字街郵局

「男的還是女的？」我問。

「哦，當然是男的。女的是從來不會發出這種預付回郵電報的，她會親自來一趟。」

「你要見他嗎？」

「親愛的華生，你不知道我有多厭倦咱們逮捕卡魯塞斯上校以後的日子了。我的大腦像一台空轉的引擎，由於沒有連接上所要製造的零件，彷彿快要破成碎片。生活平淡乏味，報紙枯燥無趣，這個充滿罪惡的世界似乎再也不存在勇敢和浪漫了。在這種情況下，你還有必要問我是否準備研究新的問題嗎？即使最後這個問題會多麼微小，多麼不重要。不過現在，如果我沒有搞錯的話，我們的當事人已經來了。」

樓梯上傳來有節奏的腳步聲。一會兒之後，一個體型高大，身材結實，鬍子花白而又威嚴可敬的人被領進了屋裡。他那輪廓分明的五官和高傲的舉止顯露了他的身世。從他的鞋罩到金絲眼鏡，可以看出他是個保守黨人、教徒、良民，一個眞正的正統派和保守派。但是，他那直立的頭髮、因爲憤怒而漲紅的面容，以及慌張而激動的神色都顯示出，某件令人吃驚的經歷使他失去了往日的鎭靜。他馬上就開門見山地談起他的事來。

「我碰到一件非常奇怪又相當惹人不快的事情，福爾摩斯先生，」他說，「我從沒遇過這種情況。非常無禮——令人無法忍受。我一定要得到一個解釋。」他異常氣憤地說。

「請坐，斯科特·愛克爾斯先生，」福爾摩斯用安慰的聲調說，「我是否可以先問一下，你爲什麼會來找我？」

「唔，先生，我認爲這件事和警察沒有關係，當你聽完這件事，你一定會同意我不能扔下這事不管。我對私家偵探這類人一點也不感興趣，儘管如此，我久仰你的大名——」

「是這樣阿。那麼，第二個問題，你當時爲什麼不馬上來呢？」

「什麼意思？」

福爾摩斯看了看錶。

「現在是兩點一刻，」他說，「你是在一點鐘左右發的電報。不過，你要不是因爲一睡醒就遇到麻煩的話，是沒有人能看到你這身儀容打扮的。」

我們的當事人理了理亂糟糟的頭髮，摸了摸沒有刮過的下巴。

「你說得對，福爾摩斯先生。我根本沒有想到要梳洗。離開那樣一座房子正是我求之不得的事。在我來此地之前，我到處打聽。我找過房地產管理員。你知道，他們說加西亞先生的房租已經付過了，說柴藤林屋一切都很正常。」

「喂，喂，先生，」福爾摩斯笑著說道，「你和我的朋友華生醫生眞是一對。他有一個不好的習慣，總是一開始就把事情講得亂糟糟的。請整理一下你的思路，按照事情發生的順序從頭講起，到底發生了什麼事情，使你頭不梳臉不刮的，靴子和背心的扣帶都沒有繫好就跑出來尋找指導和幫助。」

我們的當事人滿臉愁容，低頭看了看自己不尋常的外表。

「我看上去肯定很不體面，福爾摩斯先生。可是我不明白，在我一生中怎會遇到這樣

的事。我現在告訴你這件怪事的全部經過。我敢說你聽了之後就會認為我這個樣子是情有可原的。」

但是，他剛開始講述就被打斷了。外面一陣喧鬧聲，房東太太打開門，領進兩個身材粗壯的官方人士。其中一人就是我們熟悉的葛雷格森警長，他精力充沛，氣宇軒昂，在圈子裡是一名幹將。他和福爾摩斯握了握手，然後介紹了他的同事，薩里警廳的貝尼斯警長。

「福爾摩斯先生，我們一起追查此人，結果追到這地方來了。」他那雙大眼睛轉向我們的客人，「你是住在李街波漢公寓的約翰．斯科特．愛克爾斯先生吧？」

「是的。」

「我們追蹤你一上午了。」

「毫無疑問，是電報幫助你們掌握了他的行蹤。」福爾摩斯說。

「的確如此，福爾摩斯先生。我們在查林十字街郵局找到了線索，就一直跟蹤到這裡來了。」

「你們爲何跟蹤我？你們想幹什麼？」

「我們想得到一份供詞，斯科特．愛克爾斯先生，瞭解一下關於厄榭附近柴藤林屋的阿洛依蘇斯．加西亞先生昨天死亡的一些情況。」

我們的當事人當即警醒，瞪大雙眼，面色驚惶，蒼白得毫無血色。

「死了？你說他死了？」
「是的，先生，他死了。」
「怎麼死的？意外事故嗎？」
「謀殺，如果世界上有謀殺的話，它就是了。」
「天哪！眞可怕！你該不會——該不會是說我有嫌疑吧？」
「在死者的口袋裡找到了一封你的信，從信中我們得知你曾打算昨晚在他家過夜。」
「是的。」
「哦，你在那裡過夜了，是嗎？」
他們拿出了記事本。
「等一下，葛雷格森，」福爾摩斯說道，「你們想要的就是一份清楚的供詞，不是嗎？」
「我有責任提醒斯科特·愛克爾斯先生，這份供詞可以作爲指控他的依據。」
「你們進門的時候，愛克爾斯先生正打算爲我們講述整件事。華生，一杯蘇打白蘭地對

他不會有什麼害處吧。先生，現在這裡多了兩位聽眾，我建議你不必介意，繼續講下去吧。」

我們的來客一口氣把白蘭地喝完，臉上又恢復了血色。他猶疑地看了一眼警長的記事本，隨即開始了他那不尋常的敘述。

「我是個單身漢，」他說，「由於善於社交，我結交了很多朋友。其中有一位已經退休的釀酒商，名叫麥爾維爾，住在肯辛頓的阿伯瑪爾大廈。幾個星期之前，我在他家吃飯時認識了一個名叫加西亞的年輕人。我知道他有西班牙血統，同大使館有些聯繫。他英語講得很好，態度也討人喜歡，是我一生中見過最帥氣的男子。

「我和這個小夥子很投緣。他好像一開始就很喜歡我。在我們見面後不到兩天，他就到李街來拜訪我。這樣一來一往之下，最後他邀請我到柴藤林屋——他在厄榭和奧克斯肖特之間的住所——去住幾天，昨晚我應邀去了。

「在我去他家之前，他曾對我談過他家的情況。他和一個忠實的僕人住在一起，這個僕人也是西班牙人，會講英語，負責替他管家，照料他的一切。他說他還有一個出色的廚子，能做一手好菜，是個混血兒，是他在旅途中結識的。我記得他感嘆過在薩里郡的中心地區竟能找到這麼一個奇怪的住處。我同意他的看法，儘管這已經得到證實，但它比我想像的還要奇怪得多。

「我驅車到了那個地方——由厄榭往南大約兩英里。房子很大，離公路有些距離，有一條彎彎曲曲的車道，車道兩旁是高高的灌木叢。這座房子破舊不堪，搖搖欲墜，年久失修。當馬車來到佈滿斑跡、歷經風吹雨打的門前，停在雜草叢生的道上時，我一時有點猶豫了，不知道這樣拜訪一個我不太熟悉的人是否明智。他親自爲我開門，對我的到來表示熱烈的歡迎。然後他就把我交給一個陰鬱、黝黑的男僕。那僕人提著我的皮包，領我到準備好的臥室裡。不過，整座屋宅都令人感到壓抑。我們面對面坐著進餐，雖然主人極盡殷勤，但他好像一直心不在焉，說話含混不清，語無倫次。他不停地用手指敲敲桌子，或咬咬指甲，還做出其他一些動作，可以看出他心神不寧。至於那頓飯，既招待得不周到，菜也做得不好吃，再加上那個默不作聲的僕人陰沉的臉色，實在令人感到很不舒服。說眞的，那天晚上我眞想找個理由回李街去。

「我想起一件事，或許和這兩位先生正在調查的事情有關，不過當時我根本沒在意。在快吃完飯時，僕人送進一張紙條。我看出主人看過紙條後顯得更加坐立不安，神情也更古怪。他不再故作無事地和我閒談，而是坐在那裡一根接著一根地抽菸，呆呆地想著心事。但是便條上寫什麼，他並沒有說。好在到十一點鐘左右，我就去睡覺了。過了一會兒，加西亞在門口探頭看我——當時房間是黑的——問我是不是按過鈴，我說沒有。他表示歉意，不該這麼晚來打擾我，並且說已經快一點鐘了。後來，我就睡著了，一覺到天明。

「現在，我要講到故事中最驚人的部分了。當我醒來，天已大亮，一看錶，快到九點鐘了。我曾特別關照過，請他們在八點鐘叫醒我，我奇怪他們怎麼會忘了。我從床上跳起來，按鈴叫僕人，沒有人回應。我按了一遍又一遍，就是沒有人回應。我想，肯定是鈴出了毛病。我憋了一肚子火，胡亂穿上衣服，趕快下樓去叫人送熱水來。當我發現樓下一個人也沒有的時候，你們能想像出我當時是多麼的驚訝。我在大廳裡叫喊，沒有回答，又跑到另一個房間，四處空無一人。加西亞在前一天晚上把他的臥室指給我看過，於是我去敲他的房門，但沒有回答。我進了房間，裡面是空的，床上根本就沒人睡過。他和所有的人都走了。外國主人，外國僕人，外國廚師，一夜之間都不翼而飛啦！我到柴藤林屋的拜訪就此結束。」

福爾摩斯一邊搓著雙手咯咯笑，一邊把這件怪事記錄到他那專門記載奇聞軼事的本子上。

「這種事我還是頭一次聽到，」他說，「先生，我可不可以問一下，你後來又做了些什麼？」

「我氣炸了。我的第一個念頭就是，我成了某件荒唐的惡作劇的受害者。我收拾好自己的東西，砰地一聲關上大門，提著行李就到厄榭去了。我找到鎮上最大的地產經紀商艾倫兄弟公司，發現那個屋子是這家公司出租的。這使我猛然想到，這件事的前前後後不可能只是爲了愚弄我一番，主要目的一定是爲了逃租。現在正是三月底，每季一次的結賬日快到了。

「可是，這個解釋也不對。管理人對我的提醒表示感謝，不過他告訴我，租費已經預先付清了。後來，我進城走訪了西班牙大使館，大使館根本不知道加西亞。再往後，我又去找麥爾維爾，我就是在他家裡第一次遇見加西亞的。可是，我發現他對加西亞的瞭解還不如我多。最後，我收到你給我的回電，就趕來找你了。因爲我聽說，你是一個解決難題的好手。不過現在，警長先生，從你走進房間時說的話，我全明白了，一定還有什麼悲劇性的事情發生了。這得由你接著往下說了。我可以向你保證，我說的每個字都是眞實的，而且除了我已經告訴你的以外，關於那個人的死，我是一無所知。我惟一的願望就是盡所有可能爲法律效勞。」

「這個我相信，斯科特．愛克爾斯先生——這個我相信，」葛雷格森警長以友好的口氣說道，「我應當說，你所說的情況與我們注意到的事實完全吻合。比如說，吃飯的時候送來一張紙條。這張紙條後來到哪兒去了，你注意到了沒有？」

「是的，我注意到了。加西亞把它揉成一團扔到火裡去了。」

「你有什麼要說的嗎，貝尼斯先生？」

這位鄉鎮警探是一個壯實、肥碩的紅臉漢子。多虧他那兩隻幾乎被臉頰和額頭的厚肉褶遮住的眼睛炯炯有神，才彌補了那張胖臉的不足。他微微一笑，從口袋裡掏出一張折疊著已經變色的紙片。

「福爾摩斯先生，爐子裡面有爐柵。他把便條扔過了爐柵。這片沒有燒過的紙片是我從爐子後面

找到的。」

福爾摩斯微笑著表示讚賞。

「你一定把那房子檢查得非常仔細，才能把這麼小的一個紙團找到。」

「是的，福爾摩斯先生，這是我的做事風格。我可以把它念出來嗎，葛雷格森先生？」

那位倫敦佬點了點頭。

「便條是寫在普通不帶浮水印的米色壓紋紙上，大小約是一頁紙的四分之一，用短刃剪刀分兩下從整張紙上剪下來的。對折三次以後，用紫色蠟泥封口，再用某種扁圓的東西在蠟上匆匆蓋壓過。便條是寫給柴藤林屋的加西亞先生的。上面寫著：

> 我們自己的顏色，綠和白。綠色開，白色關。主樓梯，第一過道，右邊第七，綠色粗呢。祝順利。D。

這是女人的字體，筆頭尖細。可是地址卻是用另外一支鋼筆寫的，要不然就是另外一個人寫的，你們可以看得出來，字體要粗大得多。」

「一張非常奇怪的紙條，」福爾摩斯匆匆看了一下。「我真佩服你，貝尼斯先生，你在檢查這張紙條時十分重視對細節的觀察。不過或許還可以補充一點細節，所謂扁圓的封印，無疑是一顆平面的袖扣——還有什麼別的東西是這種形狀的呢？剪刀是折疊式的指甲刀。所剪的兩刀雖然距離很短，你仍然可以清楚地看見，在兩處剪開的地方同樣都有細小的彎曲。」

鄉鎮警探嘿嘿地笑了起來。

「我以爲我已經夠細心的了，現在才知道，我還是漏掉了一點東西，」他說，「我得說，我不認爲這個紙條有多麼重要，它只是告訴我們有什麼事情即將發生，而那個女人，照以往的經驗，應該是知道內情。」

當這番談話進行著的時候，斯科特·愛克爾斯先生坐在那裡，顯得心神不安。

「我很高興你們找到了這張紙條，因爲它證實了我所講的事情經過，」他說，「可是，我仍想知道，加西亞先生到底出了什麼事，他家裡出了什麼事，我都還不知道呢。」

「說到加西亞嘛，」葛雷格森說，「這很容易回答，人們發現他死了。今天早晨在離他家大約一英里的奧克斯肖特空地上找到了他的屍體，他的頭被沙袋或類似的東西打成了肉醬，下手很重，不是打傷，而是腦袋開了花。那地方很僻靜，方圓四分之一英里內沒有住家，顯然是有人從後面將他打倒的，兇手在他死後還繼續擊打許久。這是一極其兇殘的襲擊。兇手沒有留下任何足跡和線索。」

「是搶劫嗎？」

「不，沒有搶劫的跡象。」

「這太悲慘了——既悲慘又可怕，」斯科特．愛克爾斯先生憤憤不平地說，「不過，這和我一點兒關係也沒有。加西亞深夜外出，遭到如此悲慘的結局，我什麼都不知情，我怎麼會捲進這個案件裡了呢？」

「很簡單，先生，」貝尼斯警長回答說，「從死者口袋裡發現的惟一線索就是你給他的信。信上說你將在他家過夜，而他就是在那天晚上死的。藉由這封信的信封，我們才知道死者的姓名和住址。我們在今天早上九點鐘以後趕到他家，你不在，別的人也不在。我一面電告葛雷格森先生在倫敦尋找你，一面搜查柴藤林屋。隨後我就趕進城裡，與葛雷格森先生會合，一同到這兒來。」

「我想，」葛雷格森站了起來，「最好是公事公辦。斯科特．愛克爾斯先生，請你跟我到局裡走一趟，把你的供詞寫出來。」

「當然可以，我立刻就去。可是，福爾摩斯先生，我仍然聘請你代爲出力，我希望你能夠不惜費用，不辭辛苦，爲我弄清眞相。」

我的朋友轉過身去看著那位鄉鎮警探。

「我想你不會反對我跟你合作吧，貝尼斯先生？」

「當然不會，先生，那是我的榮幸。」

「從你處理事情的方式看來，你做事敏捷，條理清晰。我想問一下，死者遇害的確切時間是什麼時候，有沒有線索？」

「一點鐘以後他就一直在那裡。當時是下著雨的，他肯定是在下雨之前死的。」

「可是，這根本不可能，貝尼斯先生，」我們的當事人叫了起來，「他的聲音我不會聽錯。我敢發誓，那個時間他正在我臥室裡對我說話。」

「奇怪，但並非不可能。」福爾摩斯微笑著說道。

「你有線索啦？」葛雷格森問道。

「從表面上看，案情並不十分複雜，儘管它帶有某些新奇有趣的特點。在我斗膽發表最後的結論之前，還有必要進一步瞭解一些情況。哦，對了，貝尼斯先生，你在檢查房子的時候，除了這張紙條外，還發現什麼奇怪的東西沒有？」

這位偵探以一種古怪的神情望著我的朋友。

「有，」他說，「還有一些非常奇怪的東西。等我辦完警局的事，也許你會願意對這些東西發表意見的。」

「我隨時聽候吩咐，」福爾摩斯說著按了一下鈴。「赫德森太太，請送這幾位先生出去，麻煩妳把這封電報拿給聽差發出去。叫他先付五先令回電費。」

客人離去之後，我們安靜地坐了一會兒。福爾摩斯不停地抽著菸，銳利的雙眼上面雙眉緊鎖，他的頭伸向前方，表現出他特有的那種專心致志的神情。

「唔，華生，」他突然轉身問我，「你對這件事有什麼看法？」

「我對這個神祕的斯科特・愛克爾斯先生毫無頭緒。」

「那麼，犯罪呢？」

「喔，從那個人的同伴都同時消失這一點來看，應該說，他們肯定和這件謀殺有牽連，所以為了逃避法律的制裁而逃之夭夭了。」

「這個觀點當然是有可能的。但是從表面上來看，你必須承認，他的兩個僕人合夥謀害他，而且偏偏選在他有客人的那個晚上襲擊他。奇怪的是，那一個星期，除了出事那天外，其餘幾天他都是獨自一人，他們大可為所欲為。」

「他們為什麼逃走呢？」

「是啊。他們為什麼逃走呢？這裡面另有玄機。另一個重大疑點就是我們的當事人斯科特・愛克爾斯那一段離奇經歷。現在，親愛的華生，若想試圖提出一種解釋，將這兩個重大疑點都涵括在內，豈非超出人類的智力限度？如果這種解釋還能適用於那張措辭古怪的神秘便條，那麼，即使這種解釋只是一種暫時的假設也是有價值的。如果我們瞭解到的新情況完全與假設相符合，那麼我們的假設便可逐漸成眞了。」

「可是我們的假設是什麼呢？」

福爾摩斯仰身靠在椅背上，眼睛半睜半閉。

「你必須承認，親愛的華生，惡作劇的想法是不成立的。如同結局所示，其中發生的事情非常嚴重。將斯科特·愛克爾斯哄騙到柴藤林屋肯定和這件事有某種聯繫。」

「可能是什麼聯繫呢？」

「讓我們一步步地來研究。從表面上看，這個年輕的西班牙人和斯科特·愛克爾斯之間的奇怪友誼既突如其來又蹊蹺古怪。推動友誼發展的是那個西班牙人，就在他倆第一次認識的當天，他就趕到倫敦的另一頭去拜訪愛克爾斯，並且同他保持密切的往來，最後還邀請他到厄榭去。但他要愛克爾斯幹什麼呢？愛克爾斯又能提供什麼呢？我看不出這個人有什麼迷人之處。他並不是很聰明——不可能同一個機智又有拉丁血統的人氣味相投。那麼，爲什麼加西亞在他認識的人當中偏偏選中了他，有什麼特別符合他的需要嗎？他有什麼突出的氣質嗎？要說有的話，他是一個典型的英國紳士，傳統而又體面，作爲證人，正是一個能留給其他英國人深刻印象的適當人選。你已親眼看到，兩位警長都未曾對他的供詞提出質疑，儘管他的陳述很不合理。」

「可是，要他證明什麼呢？」

「事情既已如此發展，他也證明不了什麼了。不過，若是另一種情況，那麼他就可以證明一切。這就是我對此事的看法。」

「我明白了，這樣他就可以提出不在場證明了。」

「一點兒也不錯，親愛的華生，他可能就是被人充作不在場證明的證人。爲了廣泛討論，我們不妨假設柴藤林屋那一家人是在共同策劃某種陰謀。不管所圖爲何，我們可以猜測他們是想在一點鐘以前離開。他們在時鐘上動了手腳，讓愛克爾斯就寢的時間比他認爲的要早。不論如何，很可能是，當加西亞告訴愛克爾斯已一點鐘的時候，實際上還沒有過十二點。如果加西亞能夠在這段特定的時間內幹完想幹的事並回到自己房間，那麼，顯然他對任何指控都能提出強力的辯駁。我們這位無法指控的英國人，則可以在任何法庭上宣誓說被告一直待在屋內。這是對付最壞狀況的一張王牌。」

「對，對，我懂了。不過，另外失蹤的幾個人，又怎麼解釋呢？」

「我還沒將全部的事實掌握住，不過我不認爲有克服不了的困難。不管怎樣，單憑眼前這點資訊來爭辯對錯，是錯誤的。你已經不自覺地在套用材料，去迎合這個假設了。」

「那張便條怎麼解釋？」

「紙條上是怎麼寫的？『我們自己的顏色，綠和白。』聽起來很像賽馬的事。『綠色開，白色關。』這顯然是暗號。『主樓梯，第一過道，右邊第七，綠色粗呢。』這是約定地點。在這件事的最後我們說不定會碰上一個妒忌的丈夫。顯然，這是一次危險的探索，不然，她就不會說『祝順利』了。『D』——這應當是一條線索。」

「那個人是西班牙人。我推測『D』代表多洛蕾絲，在西班牙這是個很常見的女性名字。」

「好，華生，很好——可是極難成立。兩個西班牙人寫信，會用西班牙文。寫這封信的人肯定是英國人。好吧，我們只有耐心的等待，等那位了不起的警長回到我們這裡來再說。不過，我們可要感謝我們的好運氣，是它使我們在這幾個鐘頭裡得以從難以忍受的閒散和無聊中擺脫出來。」

在薩里警官返回之前，福爾摩斯已經收到了回電。福爾摩斯看了回電，正要把它放進筆記本，瞥見了我滿懷期望的臉，他笑著將回電扔給我。

「我們是在貴族圈中打轉呢。」他說。

電報上列了一些人名和住址：

哈林比爵士，住丁格爾；喬治・弗利奧特爵士，住奧克斯肖特塔樓；治安官海尼斯・海尼斯先生，住帕地普雷斯；傑姆斯・巴克・威廉斯先生，住福頓赫爾；亨德森先生，住海伊加布林；約舒亞・斯通牧師，住內特瓦爾斯林。

「顯然，這種方式有助於圈定我們的行動範圍，」福爾摩斯說，「我敢肯定，頭腦機敏的貝尼斯已經採用了某種類似的計畫。」

「我不太明白。」

「哦，我親愛的夥伴，我們已經提出了結論，加西亞吃飯時收到的是一封約會或幽會的信。現在，如果這種明確的解釋是對的，爲了赴約，這個人就得爬上那個主樓梯，到走道上去尋找第七個房門，顯而易見，房子一定很大。可以肯定的是，這所房子離奧克斯肖特不會超過一兩英里，因爲加西亞是住那個方向走去。而且，按照我對這些情況的推理來看，加西亞原想趕在一點鐘以前及時返回柴藤林屋，以說明他並不在現場。由於奧克斯肖特附近的大房子數量有限，我採取了最直接的辦法，打電報向斯科特·愛克爾斯提到過的代理人詢問。屋主的姓名都在這封回電裡。我們這堆亂繩的另一頭肯定就在他們當中。」

我們在貝尼斯警長的陪同下，到厄榭美麗的薩里村的時候，已經快六點鐘了。

福爾摩斯和我吃了幾口晚飯，並在布林找到了合適的住處。然後，那位警探陪同我們前去造訪柴藤林屋。那是一個黑暗寒冷的三月天，寒風細雨迎面打來，當我們從這片荒地上穿過，走向那個悲劇發生的地點時，這環境眞是一種十分適合的背景。

II 聖佩德羅之虎

我們沿著那條陰冷淒涼的道路走了幾英里，來到一扇高大的木門前，推門進去，一條彎曲陰暗的栗樹林蔭道直通向一所低矮陰暗的房屋，在藍灰色夜空的籠罩下更顯得黑黝黝的。一絲微弱的燈光從大門左邊的窗子裡透出。

「有一名員警在值班，」貝尼斯說，「我來敲敲窗子。」他穿過草坪，輕擊窗櫺。我透過模糊的玻璃隱約看見一個人從爐火旁的椅子上跳起來，並且從屋裡傳出一聲尖叫。一會兒過後，一個員警打開了門，他臉色蒼白、氣喘吁吁，手上的蠟燭不停地搖晃著。

「瓦爾特斯，發生了什麼事？」貝尼斯厲聲問道。

這個員警用手巾擦擦前額，放心地鬆了一口氣。

「先生，眞高興你來了。要度過這個漫長的夜晚，我想我的神經已經快繃不住了。」

「你的神經，瓦爾特斯？我倒沒有想到你身上還有神經。」

「嗯，先生，我是說這個空寂的屋子，以及廚房裡的那個怪東西。剛才我還以為是那個東西又來敲窗哩。」

「什麼又來了？」

「是鬼，先生，我知道。就在窗口。」

「什麼在窗口？什麼時候？」

「大約兩個小時前。天黑不久，我坐在椅子上看報。不知怎的我一抬頭，正看見一張人臉從下端的窗框往裡望著我。天啊，先生，那是一張怎樣的臉啊！我做夢都會夢見它。」

「停，停！瓦爾特斯，這像一名警官說的話嗎？」

「先生，這我知道，可是那東西太讓人恐懼啦，先生，我不得不承認。那張臉說不上是什麼顏色，不黑不白，色彩非常奇怪，就像牛奶濺在泥地上的樣子。而那張大臉，有你臉的兩倍大，先生。還有那副樣子，兩眼眼珠突出，咄咄逼人，加上森冷白牙，活像一隻餓狼。我跟你說，先生，當時我是連一根指頭都動彈不得，一口大氣也不敢出，直到它突然消失。我跑了出去，穿過灌木林，感謝上帝，那兒什麼也沒有。」

「要不是我知道你是個好人，瓦爾特斯，單就此事，我就可以對你記下一筆缺失。如果眞的是鬼，那麼，一個値班警官也絕不該爲他不敢用手去碰它而感謝上帝。這該不會是你產生的幻覺或神經錯亂吧？」

「至少，這一點不難解釋，」福爾摩斯邊說邊點亮了他的袖珍小燈。「是的，」他快速地檢查了一下草地說，「據我判斷，穿的是十二號鞋。由此看來，他個子肯定很高。」

「他怎麼啦？」

「他好像是穿過灌木林往大路跑了。」

「好吧，」警長帶著嚴肅而沉思的臉色說，「不管他是誰，想幹什麼，現在他已經走了，還有更急的事情等著我們去辦。福爾摩斯先生，如果你允許，我要帶你去看一下這座住宅了。」

我們仔細搜查了每個臥室和起居室，但一無所獲。顯然，房客隨身帶來的東西不多，幾乎可以說是什麼也沒有帶。全部傢俱乃至細小的物件都是連同房子一起租用的。許多留下的衣服上都有高霍爾本的馬克斯公司的商標。透過電報查詢獲悉，馬克斯除了知道此人付賬爽快之外，對他的買主一無所知。此外，只有一些零碎東西，幾個菸斗、幾本小說什麼的，其中有兩本小說是西班牙文的，還有一把老式左輪手槍和一把吉他。

「這裡面沒有東西，」貝尼斯說，手裡拿著蠟燭，昂首闊步地在每個房間進出。「福爾摩斯先生，我想請你看看廚房。」

廚房位於房子的後半部分，裡面很陰暗，屋頂很高，角落鋪著一個草墊，顯然是廚師的床鋪。餐具還有昨天晚餐剩下的飯菜都堆放在桌子上。

「瞧這兒，」貝尼斯說，「你看這是什麼？」

他舉起蠟燭，照著櫥櫃後的一件奇怪物體。這物體已經皺巴巴，很難分辨出是什麼，只能說它是黑色的，皮質的，看上去像個小矮人。我最初查看時，以爲是個黑種兒童的木乃伊；再一看，又像個扭曲變形的遠古猴類，最後我也說不出那究竟是動物還是人。它身體中段掛著兩串白色的貝殼。

「很有意思，的確很有意思！」福爾摩斯說，且目不轉睛地打量著這件邪惡的古物。「還有其他的嗎？」

貝尼斯沒作聲，帶我們到洗滌槽前。他將蠟燭朝前一照，只見一個大盆，裡面盛滿了被撕得七零八落的某種白色大鳥的翅膀和軀體，上面還帶著羽毛。福爾摩斯指了指被割下來的鳥頭上的垂肉。

「一隻白公雞，」他說，「太有趣了！這件案子眞是太離奇了。」

但是，貝尼斯先生執意要把他那邪惡的展覽持續到底。他從洗滌槽下面拿出一個盛滿血

的鋁桶，又從桌上取來一個堆滿燒焦碎骨的盤子。

「殺了一些東西，又燒了一些東西。這些都是我們從火裡收集出來的。今天早上我請來一位醫生對此進行了檢驗，他說這些不是人體上的東西。」

福爾摩斯微笑著搓著兩手。

「我得向你表示祝賀，警長，你處理了一件如此不尋常、而又益於教育的案子。你的才能，如果我這樣說你不覺冒犯的話，似乎已經超過了你的機遇。」

貝尼斯警長的兩隻小眼睛露出得意的神色。

「你說得不錯，福爾摩斯先生。我們這些鄉下的員警很難出人頭地。像這樣的案件爲每個人帶來了機會，我希望我能把握住這個機會。你對這些骨頭怎麼看？」

「我認爲是一隻羔羊，要不就是小山羊。」

「那麼，白公雞呢？」

「很怪，貝尼斯先生，非常奇怪。可以說從來沒有見過。」

「對，先生。這房子裡住的是些怪人，行爲詭秘。其中一個已死了。難道是他的同伴從背後把他打死的？若是那樣，我們早就把他們逮住了，因爲我已派人在所有的港口進行監視。但是，我自己有不同的看法。是的，先生，我本人的看法不大一樣。」

「這麼說你自有主張嘍？」

「我要自己來處理，福爾摩斯先生。我這樣做是爲我自己的聲譽著想。你已經成名了，我也想要成名，要是以後我能夠說我沒靠你的幫助破了案，那我就太高興了。」

福爾摩斯爽朗地笑了起來。

「好吧，好吧，警長，」他說，「我們各走各的路吧。如果你願意，你可以隨時使用我的成果。我想，這房子裡，我想看的都看過了，在別處花點時間或許更有收穫，再見啦，祝你好運！」

我知道福爾摩斯正在急著尋找一條線索，這我可以舉出他一些微妙的表情來證明，除了我之外，別人可能不會注意到。對一個不仔細的觀察者來說，福爾摩斯如往常一樣冷淡，但是，他那雙晶亮的眼睛和輕快的舉動，卻透漏出一種被抑制的熱情和緊張的情緒，這使我確信，他正在思考對策。按照他的作風，他一言不語；照我的脾氣，我一句也不問。我能與他一塊兒參加這場遊戲，能爲抓罪犯提供一點兒幫助，且不會以無用的話語使他的注意力分散，對此我已很滿意了。

到時候，一切都會轉向我的。

因此，我等待著——可是，我越來越失望，空等一場。一天接著一天，我的朋友毫無動靜。其中有整整一上午他是在城裡度過的，我偶然得知，他是去大英博物館。除這次外出之外，他成天散步，時間很長且常常是獨自一人，要不就是和村裡幾個嘴碎的人閒聊，他在努力結交這些人。

「華生，我相信在鄉間住上一周對你是很寶貴的，」他說道，「再次看到樹籬上新綠的嫩芽還有榛樹上的花蕾，讓人感到舒心極了。帶上一把小鋤，一個鐵盒子和一本入門植物學書，就可以度過一些愜意的日子了。」他自己帶著這些東西四處找尋，可只帶回幾株小植物，這點兒東西不用一個黃昏就可以採到。

我們在漫步閒談時，有時也遇見貝尼斯警長。當他與我的同伴打招呼時，他那張又肥又紅的臉上滿是笑容，一對小眼睛熠熠發亮。他很少涉及案情，但是從他的言談中，可以窺測出他對事情的進展也還滿意。然而，我得承認，案發五天後，當我打開早報見到如下的大標題時，我還是不由得吃了一驚：

奧克斯肖特謎案偵破

犯罪嫌疑人已被拘捕

當我讀出這標題時，福爾摩斯像是被什麼螫了一下似的從椅子上跳了起來。

「啊！」他叫道，「你該不會是說貝尼斯已經把他抓住了吧？」

「很顯然。」我說著便把下面的報導念給他聽。

昨天深夜，當與奧克斯肖特兇殺案有關的疑犯已被捕獲的消息傳開時，在厄榭及其周邊地區引起極大騷動。人們應該記得，柴藤林屋的加西亞先生是被發現死於奧克斯肖特空地，身上有遭受重創的痕跡，他的僕人和廚師也於同一晚上逃走，顯然他們參與了這一罪行。有人指出，死去的這位先生可能有貴重財物存放在住處，以致財物失竊，構成犯罪，但這種說法並未得到證實。貝尼斯警長負責調查此案，經他多方努力，查明了逃犯的藏身之處。他有充分的證據顯示他們沒逃遠，只是躲在事先準備好的某一地方。首先可以肯定的是，他們最終無法逃脫，因為有一兩個商人曾從窗戶見過那個廚師，他們作證，廚師的長相很獨特——是一個混血兒，身材魁梧，相貌兇惡，具有典型的非洲裔人種特有的淡黃色面目。案發之後，曾有人見過他，因為他竟然斗膽重回柴藤林屋，警官瓦爾特斯當晚發現了他並進行追蹤。貝尼斯警長認為，此人冒險返回必有所圖，因此他肯定會再次出現，於是放棄林屋，另在灌木林中設下埋伏。果不其然此人中了圈套，在一場搏鬥之後，終被擒獲，警官唐寧在搏鬥中遭到該暴徒重擊。據我們瞭解，當罪犯被送交地方法院後，警方將提請還押審訊。此人被捕後，本案將會有重大突破。

「我們必須馬上去見貝尼斯，」福爾摩斯喊著，拿起了帽子。「我們還來得及在他出發之前趕到他那裡。」不出我們所料，當我們匆忙趕到村裡的大路旁，警長剛從他的住處走出來。

「你看到報紙了吧，福爾摩斯先生？」他問道，一邊遞給我們一份報紙。

「是呀，貝尼斯先生，看到了。如果我向你提點善意的忠告，希望你不要見怪。」

「忠告，福爾摩斯先生？」

「我曾對這個案件進行過仔細的研究，對你走的路是否正確，我還不敢肯定。我不希望你這樣蠻幹下去，除非你有十足的把握。」

「謝謝你的好意，福爾摩斯先生。」

「我向你保證，這是爲你好。」

我好像看見貝尼斯先生的一隻小眼睛眨動了一下。

「我們說好了，各走各的路，福爾摩斯先生。我正是這樣做的。」

「哦，那好吧，」福爾摩斯說，「請別介意。」

「哪兒的話，先生，我相信你這樣做是爲了我好。不過，我們都有自己的方法，福爾摩斯先生。你有你的方法，我也有我的方法。」

「這個我們不要再提了吧。」

「我的情報也歡迎你隨時使用。這個傢伙是個十足的野蠻人，像一匹馬那樣結實，如魔鬼一般兇狠。被制服之前，他差點兒把唐寧的大拇指咬斷了。他一個英文字都不會說，除了哼哼哈哈之外，便得不到什麼了。」

「你認爲你可以證明他的主人是他殺害的嗎？」

「我沒這麼說過，福爾摩斯先生，我沒有這樣說。我們的方法不同，你試你的，我試我的。這是說定了的。」

福爾摩斯聳聳肩，我們就一起走開了。「他這個人眞讓我摸不透。他好像是在騎著馬瞎闖。好吧，就照他說的，各人試各人的，看結果如何。不過，貝尼斯警長身上的某種東西總讓我無法理解。」

我們回到布林的住處時，福爾摩斯說道：「華生，你坐在那把椅子上。有些情況需要讓你瞭解，因爲我今晚可能需要你的幫助，讓我把我所掌握案情的來龍去脈告訴你。雖然案情的主要特點相當簡單，但是怎樣拘捕兇手卻要費一番周折。在這方面還有一些需要我們塡補的缺口。

「讓我們回顧一下加西亞死去當晚他所收到的那封信吧。關於貝尼斯對加西亞的僕人與此案有關的想法，我們可以暫置一邊。這樣一個事實可以作爲證據：是加西亞安排斯科特．愛克爾斯到來的，這只能說明他是爲了證明他不在犯罪現場。那天晚上，是加西亞起了心，而且顯然是起了壞心，他在幹壞事的過程中送了命。我說『壞』心，那是因爲，只有當一個人心存歹念時，他才會試圖製造他不在犯罪現場的假象。那麼，是誰謀害他的呢？當然是有犯罪動機的那個人。到目前爲止，我看我們的根據是可靠的。

「現在，我們可以解釋加西亞的僕人們失蹤的原因了。他們都是同夥，都參與了這個我們還弄不明白的罪案。如果加西亞回去時事情得手了，那麼，那個英國人的作證就會排除任何可能的懷疑，一切都會順利。但是，這是一個危險的嘗試，如果到了一定時間加西亞還不回去的話，那他可能就是送了命。因此，事情是這樣安排的：一旦眞的發生上述情況，他的兩個手下便會到事先安排好的地方躲起來，逃避搜查，以便事後接著再幹。這足以解釋全部的事實，是不是？」

我似乎已從一團亂繩中理出了頭緒。使我不解的是，和往常一樣，我爲什麼在此之前總是看不出來呢。

「但是，一個僕人爲什麼要回來呢？」

「我們可以想像，在匆忙逃離時，有某種珍貴的東西落下了，他又捨不得丟棄。這一點說明了他的固執，對不對？」

「哦，那麼下一步呢？」

「下一步是加西亞吃晚飯時收到的那封信，這封信說明，在另一頭還有一個同伴。那麼，這個另一頭又在哪兒呢？我已經對你說過，它只能在某一處大宅子裡，而大住宅則爲數不多。到村裡來的頭幾天，我四處閒逛，搞植物研究，並利用間隙，對所有大住宅進行察訪，還對住宅主人的家世進行了調查。有一家住宅，而且只有一家住宅，引起我的注意。就是海伊加布林有名的黑橡木莊園，離奧克斯肖特河對岸一英里，離發生悲劇的地點不到半英里。其他住宅的主人都平凡而可敬，與傳奇生活毫不相干。但是，海伊加布林的亨德森先生卻有幾分古怪，離奇的事有可能在他身上發生。於是，我把注意力集中在他和他的家人身上。

「一群怪人，華生——他本人是其中最怪的一個。我利用了一個合情合理的藉口設法去拜訪他。可是，從他那雙晦暗、深陷、彷彿陷入沉思的眼睛裡，我似乎看出，他十分清楚我眞正的來意。他大約五十歲，強壯而機靈，鐵灰色的頭髮，兩道濃眉聯成一線，像鹿一樣行動敏捷，有著帝王般的風範——總之，是一個兇狠專橫的角色。一股火辣辣的精神潛藏在他那張羊皮紙樣的面孔後面。他要麼是個外國人，要麼就曾在熱帶地區長期居住過，因爲他的皮膚雖然枯黃，但卻如馬鞭一般堅韌。他的朋友兼秘書盧卡斯先生肯定是個外國人，棕色的皮膚，狡猾，文雅，像隻貓一樣，說話刻薄但又不失禮貌。你看，華生，兩夥外國人我們都已接觸到了——一夥在柴藤林屋，另一夥在海伊加布林——所以，我們的兩個缺口已經開始合攏了。

「這兩個密友是全部的中心。不過，對我最直接的目的來說，還有另一個更重要的人。亨德森有兩個孩子——兩個女兒，一個十一歲，另一個十三歲。她們的女家庭教師是一個四十歲左右的英國婦女，名叫伯內特。還有一個貼身男僕。這一小夥人組成了一個眞正的家庭，因爲他們一同旅行各地。亨德森先生是個大旅行家，經常出去旅行。前幾個星期他才從外地回到海伊加布林來，已有一年不在家了。我還可以加上一句，他很富有，他可以很容易地滿足各種慾望。至於其他情況，就是他家裡總是有很多管事、聽差、女僕，以及英國鄉村宅邸裡常有的一群好吃懶做的雜役。

「這些情況，一部分是從村裡的閒談中聽到的，一部分是我自己觀察到的。最好的人證莫過於被辭退而受盡委曲的僕人。很幸運的是我找到了這麼一個人。雖說是幸運，但是，若我不出去找，好運也不會自動送上門來。正如貝尼斯所說，我們都有自己的打算，按照我的打算，我找到了約翰・瓦納，他是海伊加布林的前任花匠，在他專橫的主人一怒之下捲舖蓋離開的。而那些在室內工作的僕人很多是同他一個鼻孔出氣，他們大家對主人既害怕又憎恨。所以，我找到了打開這家人秘密的鑰匙。

「怪人，華生！我並不認為我已弄清全部情況，不過的確是非常古怪的人。住宅兩邊各有廂房，主人和僕人各住一邊，除了亨德森的貼身僕人為全家開飯之外，這兩邊之間沒有來往。每一樣東西都得拿到指定的一個門口，僅此而已。女教師和兩個孩子除了到花園裡散走之外，根本足不出戶。亨德森從來不單獨散步，他的那個深色皮膚的秘書和他形影不離。僕人中這麼傳言，他們的主人特別害怕某種東西。『為了錢，他把靈魂都出賣給了魔鬼，』瓦納說，『就等著債主來要他的命了。』誰也不知道他們從何而來、是什麼人，只知道他們非常殘暴。亨德森曾兩次用他的打狗鞭抽人，是他那鼓鼓的錢包和巨額賠償，才使他免吃官司。

「華生，我們現在根據這些新的情報來判斷一下形勢。我們不妨這樣想：那封信是從這古怪人家發出的，要加西亞去執行某種早已計畫好的任務。信是誰寫的？是這個城堡裡的某個人，而且是個女的，那麼，除了女教師伯內特小姐之外，還會是誰呢？我們的全部推理似乎都朝這個方向指去。不管怎樣，我們可以把它看作是一種假設，看它最終會產生何種結果。再說，就伯內特小姐的年紀和性格來看，我最初以為有愛情夾雜在其中的想法，肯定是不能成立了。

「如果信是她寫的，那麼，她總該是加西亞的朋友和同伴了吧。當她聽到他死去的消息，她會有什麼反應呢？如果他是在進行某種非法勾當中遇害的，那麼她就會守口如瓶。可是，她心裡一定會對那些殺害他的人恨之入骨，她可能會想盡一切辦法向殺害他的人報仇。能不能去見她？設法和她見上一面？這是我最初的想法。但現在我遇到的情況不太妙。自從那天晚上謀殺案發生後，到現在還沒有人見過伯內特小姐。從那天晚上開始，她就蹤影全無。她還活著嗎？也許她同她所召喚的朋友一樣，在同一個晚上遭遇不測？或者，她只不過是被囚禁了？這一點是我們要加以確定的。

「這種困境你也會體會得到的，華生。我們的資料不足，不能要求進行搜查。如果我們將全部計畫拿給地方法官看，他可能會認爲是癡人說夢話。那個女人的失蹤無法說明什麼問題，因爲在那個特殊的家庭裡，任何一個人一星期不露面也不足爲奇，而她的生命目前可能處於危險中。我所能做的就是對這所房子進行監視，留下我的代理人瓦納來看守大門。我們必須阻止這種情形再往下發展。如果法律無能爲力，我們只好自己來冒險了。」

「你有什麼打算？」

「我知道可以從外面一間屋子的屋頂進入她的房間。我建議我們今晚就去，看能不能擊中這個神秘事件的核心。」

我必須承認，前景十分不樂觀。那座充滿兇殺氣氛的老屋，奇怪而又可怕的住戶，探查中存在著無法預測的危險，加上我們在法定上屬於違規行事，所有這些加在一起使我的熱情大大受挫。但是，福爾摩斯那冷靜的推理中有某種東西，使得避開他提出的任何冒險而往後退縮，成爲不可能。我們清楚，只有這樣才能獲得答案，我默默地握住了他的手，事已至此，無法悔改。

但是，預料不到的是，我們的調查竟會以如此離奇的方式結束。大約在五點鐘，正當三月黃昏的夜幕悄悄落下時，一個鄉下人慌慌張張地闖進了我們的房間。

「福爾摩斯先生，他們坐末班火車走了。那位女士逃出來了。我把她安頓在樓下馬車裡了。」

「太棒了，瓦納！」福爾摩斯喊道，飛身躍起。「華生，缺口就要合攏啦。」

馬車裡有一個因神經衰竭而半癱瘓的女人。最近這場悲劇在她那削瘦而憔悴的臉上留下了痕跡，她的頭有氣無力地低垂在胸前，當她抬頭用她那雙遲鈍的雙眼望著我們時，我發現她的瞳孔已經變成淺灰色虹膜中的兩個小黑點。她服食過鴉片。

「照你的吩咐，我守在大門口，福爾摩斯先生。」我們的使者，那位被開除了的花匠說，「馬車出來以後，我一直跟到車站。她當時神志不清像在夢遊，但是當他們想把她拉上火車的時候，她清醒過來，努力反抗，他們把她推進車廂，她又掙脫出來。我一把拉住她，把她塞進一輛馬車，就直接到這兒來了。當我帶她離開時那車裡的那張臉我永遠不會忘記。那個黑眼睛、黃皮膚、怒目相視的魔鬼，要是他得逞了，我的命早就沒了。」

我們扶她來到樓上，讓她在沙發上躺下，然後讓她喝了兩杯濃咖啡，這使她的頭腦立刻從藥性中清醒過來。福爾摩斯請來了貝尼斯，見此，他很快就明白了發生的一切。

「啊，先生，我要找的證人給你找到啦，」警長握住我朋友的手熱情地說道，「從一開始，我就和你在找尋同一條線索。」

「什麼！你也在跟著亨德森？」

「唔，福爾摩斯先生，當你在海伊加布林的灌木林中悄悄潛行時，我正在莊園裡的一棵大樹上往下看著你。問題只在於看誰先獲得他的證人。」

「那麼，你爲什麼逮捕那個混血兒呢？」

貝尼斯得意地笑了起來。

「我肯定，那個自稱爲亨德森的人已經察覺自己被懷疑了，而且一旦他認爲他有危險，他肯定會躲藏起來，不再行動。我錯抓人，是爲了使他相信我們已經不注意他了。我知道，他可能會溜掉，這樣就給了我們找到伯內特小姐的機會。」

福爾摩斯用手輕拍著警長的肩膀。「你一定會高升的。你有才智和直覺。」他說。

貝尼斯笑容滿面，十分得意。

「一星期來，我派了一個便衣員警在車站守候。不管海伊加布林家的人上哪兒，都在他的監控之下。可是，當伯內特小姐掙脫的時候，便衣員警一定感到爲難，不知該怎麼辦。不管怎樣，你的人把她找到了，一切都很順利。沒有她做證，我們無法捉人，這是再明白不過的。所以，我們要儘快得到她的證詞。」

「她還在逐漸恢復中，」福爾摩斯望了一眼女教師說道，「告訴我，貝尼斯，亨德森這傢伙是誰？」

「亨德森，」警長說，「就是唐·默里羅，他一度被稱爲聖佩德羅之虎。」

聖佩德羅之虎！這個人的全部歷史立刻呈現在我眼前。在那些打著以文明爲招牌，統治國家的暴君中，他以荒淫殘忍而聞名。他身體強壯，精力十足，而且無所畏懼，他剛愎自用，殘暴地統治了一個懦弱的民族足足有十一、二年之久。他的名字在整個中美洲就是恐怖的代名詞。在他統治的最後幾年，爆發了全國性的人民起義。可是，他既殘酷又狡猾，一聽到風聲，馬上把他的財產偷偷轉移到一艘由他的忠實信徒把持的船上。第二天起義者襲擊他的宮殿時，那裡已空空如也。這個獨裁者帶著他的兩個孩子、秘書以及財物逃之夭夭。從那時起，他就從世界上消失了，他本人則成了歐洲報紙經常評論的話題。

「是的，先生，唐·默里羅就是聖佩德羅之虎。」貝尼斯說。

「如果你去調查一下，就會發現聖佩德羅的旗幟是綠色和白色的，和那封信上說的相同，福爾摩斯先生。他自稱亨德森，但我追溯了他的過去，由巴黎至羅馬、馬德里再一直到巴賽隆納，他的船是在一八八六年到達巴賽隆納的。人們為了復仇一直在尋找他，可是，直到現在，人們才剛發現他。」

「他們一年前就發現他了，」伯內特小姐說。她已經坐了起來，全神貫注地聽著他們的談話。「有一次，他幾乎要沒命了，可是某種邪惡的精靈卻庇護了他。現在也是如此，高貴正義的加西亞倒下了，而那個魔鬼卻安然無恙。雖然將來還會有人倒下去，但正如明天太陽照樣升起一般，正義最終會得到伸張，這是毋庸置疑的。」她緊握著瘦小的雙手，她那憔悴的臉由於仇恨而變得蒼白。

「但是，伯內特小姐，妳怎麼會牽連進去呢？」福爾摩斯問道，「一位英國女士怎麼會參與這麼一件兇殺案呢？」

「我參與是因為，在這個世界上除了這樣再也無法伸張正義。多年前，在聖佩德羅血流成河，英國的法律起作用了嗎？這個人把盜竊來的財物用船運走，英國的法律管得了嗎？對你們來說，這些罪行就像發生在其他星球上。但是，我們卻知道，我們在悲哀和苦難中認識了眞理。對我們來說，地獄裡沒有哪個魔鬼像唐·默里羅，只要他的受害者報仇雪恨的喊聲依然存在，那麼生活就不會平靜。」

「當然，」福爾摩斯說，「妳這樣說他沒錯。我聽說他兇殘至極。不過，妳是怎樣遭受到迫害的呢？」

「我全都告訴你。這個惡魔靠著各式各樣的藉口，殺掉所有他認為可能會威脅他的人，我的丈夫——對了，我的真名是維克多．都郎多太太——是駐倫敦的聖佩德羅公使。我們是在倫敦相識的，並在那兒結了婚。他是世上罕見，極為高尚的人。不幸的是，默里羅對他的卓越品質有所耳聞後，就用某種藉口召他回去，把他槍斃了。他對他的災難有預感，所以沒有把我帶回去。他的財物充公了，留給我的是微薄的收入和一顆破碎的心。

「後來，這個暴君倒臺了。正像你剛才說的那樣，他逃走了。可是，他毀掉了許多人的生命，那些在他手裡被折磨至死的人的親友不會善罷甘休。他們在一起組織了一個協會，復仇的使命一天不完成，這個協會就一天不解散。當我們發現這個改頭換面的亨德森就是那個倒臺的暴君之後，我的任務就是混進他家，讓別人瞭解他的行蹤。我要做到這一點，只能到他家裡當女教師。他沒想到，每頓飯都和他同桌而食的這個女人的丈夫，正是被他處心積慮所殺害。我朝他微笑，負責教育他的孩子，等待著時機。在巴黎試過一次，但失敗了，我們迅速地東躲西藏，跑遍了整個歐洲，把追蹤我們的人甩掉，最後回到這所他一到英國就買下來的房子。

「可是，這兒也有正義的使者在等著他。加西亞是原聖佩德羅大主教的兒子。當他得知默里羅要回到這裡時，加西亞帶著兩名地位低卑的忠實夥伴做好了準備。報仇的火焰在三個人胸中燃燒著，白天加西亞無法下手，因為默里羅防備嚴密，沒有他的隨扈盧卡斯——此人在他輝煌的年代叫洛佩斯——陪同，他從不外出。但在晚上，他是單獨睡的，所以報仇的人在這個時候有機可乘。一天黃昏，按照事先的安排，我給我的朋友送去最後的消息，因爲這個傢伙隨時保持著高度警覺，經常調換房間。我要留心讓所有的房門都開著，以面向大路的那個窗戶發出綠光或白光作爲信號，表示一切順利或者行動最好延遲。

「可是，我們的每一步都不順利。秘書洛佩斯對我產生懷疑。我剛把信寫完，他就悄悄從背後向我猛撲過來。他和他的主人把我拖到我的房間，宣判我是有罪的叛徒。如果他們殺人可以不承擔後果的話，他們早就當場用刀把我刺死了。最後，他們爭論一番，認爲殺死我太危險，但是，他們決定要把加西亞幹掉。他們將我的嘴塞住，默里羅扭住我的胳膊，直到我把地址給了他。我發誓，如果我知道這對加西亞意味著什麼，就算把我的胳膊扭斷，我也不會說出去。洛佩斯在我的信上寫上地址，用袖扣封印，讓僕人何塞送了出去。我不知道他們是怎樣殺害加西亞的，只知道是默里羅親手幹的，因爲洛佩斯被留下來看守我。我想，他一定是潛伏在金雀花樹叢裡——樹叢中有一條彎曲的小徑，等加西亞經過時就把他擊倒。剛開始，他們打算讓加西亞進屋來，然後將他

當作被追殺的盜賊殺死。但是，他們有了爭議，如果他們需要被盤查，他們的身分就會暴露，而招來進一步的打擊。加西亞一死，追蹤就會結束，因爲這樣可以把別的人嚇住，使他們放棄自己的計畫。

「如果不是因爲我對這夥人的所作所爲十分瞭解，他們現在都會安然無事的。我不否認，好幾次我都瀕臨死亡。他們把我關在房間裡，以恐嚇及殘酷虐待來摧殘我的精神——看看我肩上的這塊刀疤，還有手臂上一道道的傷痕——有一次，我想在窗戶呼叫，他把一件東西塞進我嘴裡。這種慘無人道的禁制持續了五天，我幾乎什麼也沒有吃，就快支撐不下去了。今天下午，給我送來了一份豐盛的午餐，等我吃完，才意識到有麻藥。我像在作夢一般，被塞進馬車，後來又被拉上火車。就在車快要啓動時，我才突然意識到我必須掌握自己的自由。我跳了出來，他們想把我拖回去。要不是這位好心人將我扶進一輛馬車，我無論如何也逃脫不了。感謝上帝，我終於逃出他們的魔掌了。」

我們專注地聽著她這番不尋常的講述。福爾摩斯最終打破了沉默。

「我們的困難依然存在，」他說著搖搖頭，「我們的偵查任務雖然結束，但是，我們的法律工作卻開始了。」

「對，」我說，「一個善辯的律師能把這次謀殺說成是自衛。在這樣的司法下，可以犯上百次都無罪，可是，還是只有這件案子有可能判他罪。」

「得啦，得啦，」貝尼斯高興地說，「我看法律還沒有那麼糟。自衛是一回事，懷著蓄意謀殺的目的去誘騙這個人，那就另當別論了，不用擔心會從對方那裡遭到什麼樣的反擊。不，不，等下一次我們在吉爾福德巡迴法庭上看到海伊加布林的那些房客時，就可以證實我們都是正確的了。」

然而，這是個未証實的問題，在聖佩德羅之虎受到懲罰之前，還需要一段時間。他和他的同夥不僅狡猾，而且很大膽，他們溜進埃德蒙頓大街的一個公寓，然後穿過後門到了柯松廣場，就這樣把追捕的人甩掉了。從那天以後，他們就再也沒在英國出現過。大約半年以後，蒙塔爾法侯爵和他的秘書魯利先生雙雙在馬德里的埃斯庫里爾飯店裡被謀殺。有人把這樁案子歸咎於無政府主義者，但是始終沒抓到兇手。貝尼斯警長來到貝克大街拜訪我們，帶來一張那秘書和他主人的複印圖像，那秘書是一張黑臉，主人有一副老成的面孔，富有魅力的黑眼睛和兩簇濃眉。我們並不懷疑，儘管是延誤了，正義終究還是得到了伸張。

「這是一樁亂人頭緒的案件，親愛的華生，」福爾摩斯在暮色中抽著菸斗說道，「不可能用你以往得心應手的簡潔風格將它講述出來。它涵蓋了兩大洲，牽涉到兩群神秘的人，加上我們非常可敬的朋友斯科特·愛克爾斯的出現，使案情進一步複雜化了，他被捲進這個案子向我們表明，死者加西亞足智多謀，有良好的自我防衛本領。結局是令人滿意的，我們和這位可敬的警長合作，在千頭萬緒的疑點中抓住了要害，終於得以沿著那條蜿蜒曲折的小路前進。你還有什麼地方不清楚嗎？」

「那個混血兒廚師爲什麼要回來？」

「我想，你的疑問可用廚房裡的那件怪東西來解答。這個人是聖佩德羅原始森林裡的土著，那件東西是他的神物。當他和同伴退到預先約定的地點時——他們的同夥早已等候在那裡了——他的同伴曾勸他扔掉這件易受連累的東西。可是，那是這個混血兒的心愛之物。第二天，他忍不住又折返。當他從窗戶往裡探看時，看見了正在值班的瓦爾特斯警官。他一直等了三天。出於虔誠或者說是迷信，他又嘗試了一次。平時機靈的貝尼斯警長曾在我面前看輕此案，但終就也體認到案情的重大，因而設下圈套讓那個傢伙自投羅網。還有別的問題嗎，華生？」

「在那古怪廚房裡那隻被撕爛了的鳥，一桶血，燒焦了的骨頭，還有其他所有的神秘東西又如何解釋呢？」

福爾摩斯微笑著翻開筆記本的一頁。

「我在大英博物館花了一個上午，對這一點和其他一些問題進行了研究。這是從艾克曼著的《伏都教和黑人宗教》一書中摘錄的一段話：

虔誠的伏都教信徒無論幹什麼重要的事情，都要向他那異端的神獻上祭品。極端的形式就是採取殺人祭奠，然後把人肉吃掉的方式。但通常的祭品則是一隻白公雞，被活活扯成碎片，或者是一隻黑羊，割開喉嚨，將其軀體焚化。

「因此你看，我們的野人朋友在儀式方面是完全傳統的。這眞是怪異，華生，」福爾摩斯慢慢地合上筆記本，同時又加上一句，「但是，怪異和可怕往往只有一線之隔，我這樣說是有根據的。」

第二篇　硬紙盒案

我的朋友夏洛克·福爾摩斯具有超人的才智，爲了在有限的案例裡展示這一點，我盡可能選擇那些雖然沒有聳動驚人，但卻最能體現他才能的典型案件。然而，不幸的是，不可能將聳動驚人的一面完全從罪案中隔開，這眞讓我爲難，要是刪除那些必定不可缺少的細節描述，又會使讀者自行虛構對案件的印象，不然就乾脆別精挑細選了，順其自然吧。在這簡短的開場白後，我將翻開我的筆記，看看這一連串雖然罪大惡極但又著實駭人的事件。

八月的一天，艷陽火熱，貝克街像一座火爐。強烈的陽光照射在對街房子的黃色磚牆上，刺得人眼睛發痛。令人難以相信的是，在冬天朦朧迷霧之中若隱若現的也是這些磚牆。我們把百葉窗放下一半，福爾摩斯蜷縮在沙發上，把早班郵差送來的信反覆看了無數遍。我呢，曾在印度工作過，練就了一身怕冷不怕熱的本領，承受華氏九十度的氣溫也沒問題。早報毫無趣味，議院已經休會。人人都到城外去了，我本來也打算去新森林或者南海海濱玩玩，但銀行存款已經用完，假日只好推遲了。而我的朋友福爾摩斯對鄉村或海邊都不感興趣，他喜歡待在五百萬人的中心，把他的觸角伸到他們中間，機敏地尋找需要偵破的每一個謠傳和尚未解決的案件疑點。他雖然有極高的天賦，卻不會欣賞自然。只有當他把注意力從城裡的罪犯轉向他們鄉下的同類時，他才會去鄉間呼吸一下那裡的空氣。

看到福爾摩斯正在沉思無心聊天，我乾脆把枯燥乏味的報紙扔在一旁，靠在椅子上陷入冥想。突然我同伴的聲音打斷了我的思路。

「你是對的，華生，」他說，「它看上去是種最荒謬的解決爭論的辦法。」

「最荒謬！」我贊同喊道，但突然意識到他道出了我內心的想法。我坐直身子，驚愕地盯著他。

「怎麼回事，福爾摩斯？」我喊道，「這簡直太不可思議了。」

看到我這副困惑的樣子，他爽朗地笑了。

「你記得，」他說，「不久前我給你讀過愛倫坡一篇短文中的一段。裡面有一個人能推測出他同伴沒有說出來的想法。你當時把它純粹看成是作者的一種天才手法。我說我也經常有這樣的推理習慣，你卻不相信。」

「哪裡的話！」

「或許你嘴上沒這麼說，親愛的華生，但你的眉毛表明了你的想法。所以，當我看到你扔下報紙陷入沉思的時候，我很高興可以有機會對此加以推理，並且終於插入你的思路中，證明我們倆並肩而行。」

但我仍未感到滿意。「在你曾讀給我聽的那個例子中，」我說，「那個推理者是通過觀察他同伴的舉止而得出結論的。如果我沒記錯的話，他的同伴先是被一堆石頭絆了一下，摔了一跤，而後又抬頭看星星……等等。然而我卻始終安靜地坐在椅子裡，我爲你的推理提供了什麼線索呢？」

「你如果這樣想的話可眞冤枉你自己了。人們經常用臉部來表達情感，而你的臉部表情忠實的反應出你的想法。」

「你的意思是說，你從我的臉部表情看出了我的想法？」

「你的臉部表情，尤其是你的眼睛。也許你連自己是如何陷入沉思的也回憶不起來了吧？」

「是的，我還眞是記不得了。」

「那麼讓我來告訴你吧。你先是把報紙扔在一旁，這引起了我對你的注意，你發呆坐了半分鐘，然後目光停留在你最近裝上相框的戈登將軍的照片上。這樣，我通過你臉部表情的變化就推測出你已開始思考了，不過思路還沒走得太遠。你的目光又轉移到你那疊書上那張還未裝框的亨利·華德·比徹的照片上。接著，你又抬起頭掃了一眼牆壁，你的意思很明顯。你在想，如果這張照片也用相框裱起來，正好可以把那面牆上的空白蓋住，而且和那邊戈登的照片相對稱。」

「你對我的觀察太仔細了！」我驚訝地說。

「到這裡爲止不值一提，接下來才是我剛努力去搞清楚的。可是，你當時的思路又轉回到比徹上面去了。你盯住他，似乎是在研究他的相貌特徵，然後，你不再那麼聚精會神了，不過你仍舊望著那張照片在思考著什麼。你在回憶比徹的戰績。我很清楚，你肯定會想到比徹在內戰期間代表北方所承擔的使命，因爲我記得，你曾因我國那些粗暴的人對他的態度而表現得義憤填膺。因爲你對這件事有如此強烈的感受，所以我知道，你一想到比徹肯定會想到這些。沒多久，我看見你把目光從照片上移開，我猜你又開始思考內戰方面的事了。我觀察到你雙唇緊閉，眼睛閃閃發亮，雙手緊握，這時我斷定你的腦海中出現的是雙方在那場殊死搏鬥中所表現出來的英勇氣概。但是接著，你的臉色又顯得更陰沉了，你搖了一下頭，你在思索那些悲慘、恐怖的事以及那些無謂的犧牲。你把手伸向身上的舊傷痕，一絲微笑閃過顫動的雙唇，這向我表明，你的頭腦中已被解決國際問題的那可笑的一面佔據。在這時，我與你的看法一致：那是荒謬的。我也高興地發現，我的全部推論都是正確的。」

「非常正確！」我說，「雖然現在你對此已做了解釋，但我仍還和先前一樣覺得神奇。」

「親愛的華生，這個問題其實很簡單。我保證若不是你那天表示有些懷疑，我是不會用這件事來分散你的注意力的。不過，現在我手上有一個小問題，要解決它，肯定比進行思維解釋要困難的多。你有沒有注意到報紙上的一段報導，說克羅伊登市十字大街的庫欣小姐收到了一個裝有出人意料東西的盒子？」

「沒有。我沒有看見。」

「啊！那一定是你漏掉了，把報紙扔過來。在這兒，金融欄下面，拜託，把它大聲讀一讀。」

他又把報紙扔還給我，我撿起來，念了他說的那一段，標題是「一個可怕的包裹」。

住在克羅伊登市十字大街的蘇珊．庫欣小姐成了一場特別令人厭惡的惡作劇的受害者，除非這件事另有更險惡的用心。昨天下午兩點，郵差送來一個用牛皮紙包著的小包裹。裡面是一個硬紙盒，盒內裝滿粗鹽。庫欣小姐倒掉粗鹽，驚愕地發現裡面裝的居然是兩隻人耳朵，顯然是剛割下不久的。這個包裹是昨天上午從貝爾法斯特郵局寄出的，上面沒寫寄件人。使問題更加神秘的是，庫欣小姐是一位五十歲的老小姐，一直深居簡出，很少有友人和信件的往來，平時極少收到郵包。幾年前，當她在彭奇居住時，曾把幾個房間出租給三個醫學院的學生。後來因為他們吵鬧不堪，而且生活不規律，只好讓他們搬走。警方認為，這可能是那三位青年對庫欣小姐做出的報復行為。因為他們遭到庫欣小姐的拒絕，所以想恐嚇她一下，於是將解剖室的器官郵寄給她。還有其他人認為這幾個學生中有一個是愛爾蘭北部人，而據庫欣小姐所知，此人是貝爾法斯特人。警方目前正對此事積極進行調查，負責處理此案的是優秀的探員之一雷斯垂德先生。

「《每日記事報》上就說了這些，」當我讀完報紙，福爾摩斯說，「現在來談談我們的朋友雷斯垂德吧。今天早上我收到他一封信。信中說：

我想你對此案極為在行。我們正在盡全力調查此事，但進一步的工作遇到了一些困難。當然我們已經向貝爾法斯特郵局進行了電詢。但因當天交寄的包裹太多，他們無法一一辨認或回憶寄件人的姓名。那是一個半磅裝的甘露菸草盒，這對我們毫無幫助。我認為醫學院學生之說最有可能，但如果你能抽出幾個小時，我將非常高興在這裡見到你。我一整天若不在宅子裡就是在警察局。

你看怎麼樣，華生？是否願意冒著酷暑跟我到克羅伊登走一趟，為你的筆記本多添一筆？」

「我正想找點兒事做呢。」

「這就有事了。請你按一下鈴，叫他們把我們的靴子拿來，再去叫一輛馬車。我換好衣服，裝滿菸絲盒，隨後就到。」

在我們登上火車之後，下了一陣雨。克羅伊登不像城裡那樣讓人感覺酷熱難耐。福爾摩斯出發前已經發了電報給雷斯垂德，所以他已在車站等候我們了。他如往常般精明能幹，一副大偵探的派頭。走了五分鐘，我們來到庫欣小姐住的十字大街。這條街很長，兩旁是整潔的兩層樓磚房，屋前的石階已被踩成白色，繫著圍裙的婦女三五成群地在門口閒聊。走過半條街後，雷斯垂德停在一家大門前。敲門之後，一個年幼女僕來開了門。我們跟著她走進前廳，看見庫欣小姐正坐在那裡。她是一個和藹的婦人，有一對溫和的大眼睛，兩鬢是捲曲的灰髮。一個沒有繡完的椅套擱在她的膝頭，身邊放著一個裝有五顏六色的絲線的籃子。

「那可怕的東西就放在屋外，」當雷斯垂德走進去時，她說，「我希望你把它們全都拿走。」

「我會的，庫欣小姐。我把它放在這兒，只是讓我的朋友福爾摩斯先生來當著妳的面看一看。」

「爲什麼要當著我的面，先生？」

「或許他會向妳提一些問題。」

「我告訴你，我對這件事一無所知，向我提問又有什麼用

呢？」

「確實如此，太太，」福爾摩斯用安慰的語氣說道，「我知道這件事已經夠使妳惱怒的了。」

「是啊，先生。我是個喜歡安靜的女人，過著隱居的生活。看見我的名字登在報上，員警在我家裡進進出出，對我眞是新鮮的事情。我不想讓這東西放在我這兒，雷斯垂德先生。如果你要看，請到屋外看吧。」

那是一間後面帶有小花園的小棚子。雷斯垂德進去拿出一個黃色的硬紙盒，一張牛皮紙和一段細繩子。我們坐在小路盡頭的石凳上。雷斯垂德把那些東西遞給福爾摩斯，他仔細地一一察看著。

「繩子很有趣，」說著他把繩子舉到亮處，用鼻子聞了聞，「你看這繩子是什麼做的，雷斯垂德？」

「塗過柏油。」

「沒錯！是塗過柏油的麻繩。你一定注意到了，庫欣小姐是用剪刀把繩子剪斷的。這一點可以從兩端的磨損看出來。這很重要。」

「我不明白這有什麼重要。」雷斯垂德說。

「重要就在於繩結未被動過。還有，這個繩結打得很特別。」

「打得很精巧。我已經注意到這一點了。」雷斯垂德得意地說。

「好，關於繩子就談到此吧，」福爾摩斯微笑著說，「現在來看包裹的紙。牛皮紙，有一股明顯的咖啡味。怎麼，沒有檢查過？肯定沒有檢查過。地址是用筆頭很粗的鋼筆寫的，而且相當潦草：『克羅伊登十字大街S．庫欣小姐收』，也許是一支J字牌的，墨水很差。『克羅伊登』一詞原來是拼寫的字母『i』，後來被改成字母『y』了。這個包裹是個男人寄的——顯然是男人的字體——此人教育程度不高，對克羅伊登鎮也不熟悉。到目前爲止，一切順利！盒子是一個半磅裝的甘露菸草盒。除了盒子左下角有指印外，沒有明顯痕跡。裡面裝的是用來保存獸皮或其他粗製商品的粗鹽。埋在鹽裡的就是這奇怪的東西。」

他邊說邊取出兩隻耳朵放在膝頭上仔細觀察。這時雷斯垂德和我在他兩邊彎下身子，時而望著這可怕的器官，時而又望向我們同伴那張深沉而專注的臉。最後，他把它們放回盒子，坐在那裡沉思了一會兒。

「你們當然都看到了，」他最後說，「這兩隻耳朵不是一

對。」

「不錯，我們注意到了。但若眞是解剖室的學生們搞的惡作劇，那他們挑兩隻不成對的耳朵很容易。」

「你說的很對，但這不是一個惡作劇。」

「你能肯定嗎？」

「根據推測，決不可能是惡作劇。解剖室裡的屍體都注射過防腐劑。這兩隻耳朵根本沒有這種痕跡，是新鮮的，是用一種很鈍的工具割下來的。如果是醫學院的學生，決不會這麼幹。還有，學醫的人當然不會用粗鹽，只會用石碳酸或蒸餾酒精進行防腐。我再說一遍，這不是什麼惡作劇，而是一樁嚴重的犯罪案件。」

聽了福爾摩斯的話，看著他的臉色變得嚴肅起來，我不由得打了一個寒顫。這段冷酷的開場白似乎帶來了某種奇異而不可言喻的恐怖陰影。然而，雷斯垂德搖搖頭，似乎只是將信將疑。

「無疑問的，有足夠的理由可以說明這不是惡作劇，」他說，「可是另外一種說法就更加不能成立了。我們知道，這個婦女在彭奇過著一種平靜而體面的生活，將近二十年了。這段時間裡，她幾乎沒離開過家一天。那罪犯爲什麼偏要把犯罪的證據寄給她呢？特別是，她和我們一樣，對這件事所知不多，除非她是個極其高明的女演員。」

「這就是我們要解決的問題，」福爾摩斯回答說，「至於我呢，我打算這樣做。我認爲我的推理正確無誤，並且這是一樁雙重的謀殺案。其中一隻是女人的耳朵，外形纖巧，穿過耳洞。另一隻是男人的，曬得很黑，已經變色，也穿過耳洞。可能這兩個人已經死了，否則我們早就會聽到他們的遭遇了。今天是星期五，包裹是星期四上午寄出的。那麼，這場悲劇是發生在星期三或星期二，或者還要更早。如果這兩個人已被殺害，那麼，除了是謀殺者把這謀殺的信號送給庫欣小姐外還能是誰呢？我們可以作這樣的推斷，寄包裹的人就是我們要找的人。不過，他肯定有充分的理由要把包裹送給庫欣小姐。然而，到底是什麼理由呢？一定是告訴她，事情已經辦完！或者是爲了讓她痛苦。那樣的話，她就應該知道這個人是誰。她知道嗎？我懷疑。如果她知道，又爲什麼要報警？她本可以把耳朵埋掉了事，誰也查不出來。如果她想包庇罪犯的話，她應該這樣幹。但是，如果她不想包庇他，她就會說出他的姓名。這就是問題所在，需要我們去查明的。」

他說話的聲音一直高亢急促，兩眼茫然地瞪著外面花園的籬笆，可是現在，他輕快地站起身向屋裡走去。「我有幾個問題要問庫欣小姐。」他說。

「那麼，我就先走一步了，」雷斯垂德說，「我還要去辦些小事。我想我沒有問題需要向庫欣小姐進一步瞭解了。你可以在警察局找到我。」

「我們上火車前，會順路去看你的，」福爾摩斯回答。過了一會兒，他和我走進前屋，那位缺乏熱情的女士仍舊安靜地在繡她的椅套。當我們進屋時，她把椅套放到膝上，用她那雙坦率、探詢的藍眼睛看著我們。

「先生，我確信，」她說，「這件事是一個誤會，包裹根本就不是想寄給我的。這一點，我已經對蘇格蘭場的那位先生說過很多次了，可是他總是一笑置之。據我所知，我在這個世界上沒有仇人，爲什麼有人要這樣捉弄我呢？」

「我也這樣想，庫欣小姐，」福爾摩斯說著在她旁邊的椅子上坐了下來，「我想更可能的是——」他停住了。我不禁有些吃驚，只見他緊緊地盯住這位小姐的側面。驚訝和滿意的神色在他急切的臉上瞬間閃過。當她抬起頭來探索他不說話的原因時，他已經恢復了原本平靜而認眞的神態。我仔細打量著她那光滑而灰白的頭髮，整潔的便帽，金色的小耳環，以及她那溫和的面容，但是，我卻沒有看出是什麼使我的同伴那樣激動。

「有一兩個問題——」

「啊，我早已對問題厭倦了！」庫欣小姐不耐煩地說。

「我想，妳有兩個妹妹。」

「你怎麼知道？」

「剛進屋的那會兒，我看見壁爐架上放著一張三位女士的合影照片。其中一位無疑是妳本人，另外兩位長得跟妳很像，妳們之間的關係是毋庸置疑的。」

「是的，妳說得很對。她們是我的兩個妹妹，薩拉和瑪麗。」

「我身旁的這張照片，是妳妹妹在利物浦拍的。合影的男子，從制服來看，可能是船上的船員。我看，當時她還沒有結婚。」

「你的觀察力眞敏銳。」

「這是我的職業。」

「唔，你說得很對。此後沒多久瑪麗就嫁給吉姆．布朗納先生了。拍這張照片的時候，他在南美洲航線上工作。可是他太愛她了，不肯長時間的離開她，於是就轉到利物浦—倫敦這條航線的船上做事。」

「哦，該不是『征服者』號吧？」

「不是。我上次聽說是在『五朔節』號。吉姆曾在他開戒前來看過我一次。後來他一上岸就喝酒，喝一點兒就發酒瘋。嗨！他重新拿起了酒杯之後，日子就不好過了。起初，他斷絕了和我的來往，接著跟薩拉吵架，現在連瑪麗也不寫信給我們了，我們不知道他們的情況怎麼樣了。」

顯然，庫欣小姐談到一個她很有感觸的話題了。像大多數離群索居的人一樣，剛開始時她很靦腆，後來就十分健談了。她講了很多關於她那個當海員的妹夫的情況，然後又把話題轉到了她原先的幾個學醫的學生房客身上，談了好半天關於他們的事，還告訴我們他們的姓名，在什麼醫院工作。福爾摩斯一字不漏聚精會神地聽著，不時提出問題。

「說到妳的第二個妹妹薩拉，」他說，「既然妳們兩位都未婚，爲什麼不住在一起呢？」

「咳，如果你知道薩拉的脾氣，你就不會感到奇怪了。來到克羅伊登以後，我曾試著和她住在一起，直到大約兩個月前才不得不分手。我不想說我親妹妹的壞話，可是她太愛管閒事了。這個薩拉很難伺候。」

「你說她跟你在利物浦的親戚家吵過架。」

「是的，可是他們曾是最要好的朋友。唉，她到那兒去住本想親近他們，現在可好，她對吉姆·布朗納沒一點好印象。她在這兒住的最後半年裡，除了說他喝酒鬧事外不說別的。我猜，可能是他嫌她愛管閒事，把她罵了一頓，這就是事情的開端了。」

「謝謝妳，庫欣小姐，」福爾摩斯說完，站起來點了點頭，「我想，妳剛才說妳妹妹是住在瓦林頓的新街，是不是？我們告辭了。正如妳所說的，和妳無關的一件事把妳弄得苦惱不堪，我為此深感不安。」

我們走出門外，正好有一輛馬車經過。福爾摩斯叫住了馬車。

「到瓦林頓有多遠？」福爾摩斯問道。

「只有半英里，先生。」

「很好。華生，我們上車。打鐵要趁熱。案情雖不

複雜，但還有一兩個很有意思的細節需要澄清。車夫，到了電報局門口請停一下。」

福爾摩斯發了一封簡短的電報，隨後就一路靠在車座上，斜放在鼻樑上的帽子正好遮住迎面射來的陽光。馬車在一所住宅前停下。這座房子和我們剛才離開的那座有幾分相似。我的同伴吩咐車夫等候著，他剛要敲門，門就打開了。出現在面前的是一位年輕的紳士，身穿黑衣、頭戴一頂有光澤的帽子，態度十分嚴肅。

「庫欣小姐在家嗎？」福爾摩斯問。

「薩拉．庫欣小姐病得很厲害，」他說，「從昨天起她就病倒了，大腦受到了嚴重的刺激。作為她的醫療顧問，我有責任阻止任何人前來見她。我建議你們十天後再來。」他戴上手套，關上門，向街頭大步走去。

「好吧，不能見就不見。」福爾摩斯高興地說。

「或許從她那兒也得不到什麼。」

「我並不指望她告訴我什麼，只想看看她。不過，我想我已經得到我想要的東西了。車夫，送我們到一家好飯店去。在那兒先吃午飯，然後再去警察局拜訪我們的朋友雷斯垂德。」

這頓飯我們吃得很愉快，吃飯期間，福爾摩斯只談小提琴，不言其他。他饒有興致地談起他那把斯特拉地瓦利斯提琴是如何買到的。他只花了五十五個先令就從托特納姆宮廷路的一個猶太二手販子手裡買下了那把至少值五百個畿尼的提琴。他從提琴又談到帕格尼尼。我們一邊喝著紅葡萄酒，一邊聽他談論這位傑出人物的種種軼事，不知不覺已過了一個小時。過了下午，火辣的陽光已經幻化成柔和的晚霞。我們來到警察局，雷斯垂德正在門口等著我們。

「你的電報，福爾摩斯先生。」他說。

「有回音了！」他撕開電報匆匆瞄了一眼，隨手揉成一團放進口袋，「這就對了。」他說。

「有什麼發現嗎？」

「一切都水落石出了！」

「什麼？」雷斯垂德驚愕地盯著他，「你不是在開玩笑吧。」

「我從沒這樣嚴肅過。這是一件令人震驚的案子，我想我現在已把各個細節都搞清楚了。」

「那罪犯呢？」

福爾摩斯在他的一張名片背面隨手寫了幾個字，扔給雷斯垂德。

「那就是姓名，」他說，「你最快也要到明天晚上才能逮捕他。說到這個案件，我希望你在報告中不要提到我的名字，因爲我只想偵破那些有挑戰性的案子。走吧，華生。」我們走向車站，而雷斯垂德一人仍在那兒滿臉喜悅地看著福爾摩斯扔給他的那張紙片。

「這個案子，」那天晚上，當我們在貝克街的住所裡抽著雪茄閒聊時，福爾摩斯說道，「就像在你寫的《血字的研究》和《四簽名》中所進行的偵查那樣，我們被迫從結果出發倒推原由。我已寫了信給雷斯垂德，要他提供給我們現在需要瞭解的詳細情況，而這些情況只有在捕獲罪犯之後才能得到。他做這種工作很可靠，雖然他毫無推理能力，但一旦知道該幹什麼，他會像一隻鬥牛犬那樣頑強地把該做的做下去。確實，他也正是憑這種頑強勁，才得以在蘇格蘭場爬到現在這麼高的位置。」

「這麼說你這個案件還沒有了結囉？」我問。

「基本上已經了結了。我們知道這樁犯罪是誰幹的，只是我們還沒弄清案中一個受害人的情況。當然，你也已經有你自己的結論了。」

「我推想，吉姆．布朗納，那個利物浦輪船的服務員，是你懷疑的對象吧？」

「哦！不只是懷疑。」

「可是，除了一些模糊的跡象外，其他的我什麼也沒看出來。」

「正好相反，在我看來再也沒有比這更清楚的了。讓我簡單地談談主要的步驟。你記得，我們一開始對這個案子一無所知。這往往是一個有利條件。我們沒有任何既定的看法，只是去進行觀察，並從觀察中做出推斷。我們最先看到的是什麼？一位非常溫和可敬的女士，她好像並

不想嚴守什麼秘密。還有那張讓我們知道她有兩個妹妹的照片。我腦子裡立刻閃過一個念頭：那個盒子或許是要寄給她們當中的一個。我把這個念頭暫且放在一邊，我們既可以推翻它，也可以證實它。然後我們去了花園，你記得，我們在那個便紙盒裡看到了非常奇怪的東西。

「繩子是輪船上修帆工用的那一種。在調查時我們還聞到一股海水的氣味。我注意到繩結是水手常打的那種結法；包裹是從一個港口寄出的；那隻男人的耳朵穿過耳洞，而這在水手中比在陸地上工作的人更為常見。因此我堅信，必須從水手中去查找這場悲劇中的男主角。

「當我開始檢查包裹上的地址時，我發現是寄給S．庫欣小姐的。三姐妹的老大當然是庫欣小姐。雖然她名字的縮寫字母正是『S』，但另外兩姊妹當中的一個縮寫也可能是以『S』開頭。在這種情況下，我們必須完全從一個新的基礎上開始調查。於是我想透過登門拜訪把這一點搞清楚。當我正要向庫欣小姐擔保，說我相信這裡面一定有誤會時，你可能還記得，我突然住了口。這是因為我驚訝地看見了某種東西，這使我們的查詢範圍縮小了。

「華生，你作為一個醫生肯定知道，耳朵比人體上其他任何部位的差異更大。每人的耳朵各不相同，這是常理。你可以在去年的《人類學雜誌》上看到我寫的關於這一問題的兩篇短文。我以一個專家的眼光檢查了紙盒裡的兩隻耳朵，並仔細觀察這兩隻耳朵在解剖學上的特點。當我發現庫欣小姐的耳朵同我檢查過的那隻女人的耳朵極為相似時，你可以想像我當時驚愕的程度了。這件事決非巧合。耳翼都很短，上耳的彎曲度也很大，內耳軟骨的旋卷形狀也相似。從所有特徵來看，簡直像是同一隻耳朵。

「我當時就知道這是一個很重要的發現。很明顯受害者是她的血緣親屬，而且可能還是近親。我開始同她談起她的家庭，你記得吧，她立刻就把一些極有價值的情況詳細告訴我。

「首先，她的二妹叫薩拉，直到不久前還和她住在一起。所以，為何誤會，包裹是寄給誰的，就很清楚了。接著，我們又聽說那個海員娶了老三，並且得知他一度曾和薩拉小姐關係很親密，所以她就搬到利物浦和布朗納一家同住。後來他們發生爭吵分開了，幾個月來他們斷絕一切連絡。所以，如果布朗納要寄包裹給薩拉小姐的話，他當然會寄到她原先的地址。

「現在開始，水落石出。我們已經知道有個感情豐富、容易衝動的海員——你記得，他為了和妻子長相廝守而不惜放棄條件優厚的差事——而且有時候嗜酒如命。我們有理由相信，他的妻子已被謀害，同時被害的還有一個男人——假定也是一個船員。當然，這立刻就使人想到，促使他作案的原因就是妒忌。那麼，為什麼又把這次凶案的證據寄給薩拉·庫欣小姐呢？也許是她在利物浦的居住期間，曾是這齣悲劇的製造者。你知道，這條航線的船隻在貝爾法斯特、都柏林和沃特福德等地停靠，因此，假定作案人是布朗納，作案後立即上了『五朔節』號，那麼，他能把那個可怕的包裹寄出的第一個碼頭就是貝爾法斯特。

「在這一階段，還可能存在第二種答案，而且，儘管我認為這種可能不大成立，可是我決定在繼續下去之前把它搞清楚。也許有一個失戀的情人殺死了布朗納夫婦，那隻男人的耳朵可能就是丈夫的。或許有好多人會反對我的這種假設，但可能性卻是存在的。所以我給在利物浦警界辦事的朋友阿爾加發了個電報，請他去查明布朗納太太是否在家，布朗納是否已乘『五朔節』號出發了。後來，我和你就去瓦林頓拜訪薩拉小姐了。

「首先，我最想知道的是這一家人耳朵的相似程度。當然，她可能會給我們提供十分重要的資訊，但對此我並不抱太大希望。她肯定在前一天對此案早已耳聞，因爲克羅伊登已經滿城風雨，而且只有她一個人知道這個包裹是寄給誰的。如果她願意協助司法部門，她可能早就向警方報告了。顯然我們應該去拜訪她，於是我們去了。我們發現，包裹到達的消息對她產生了多大的影響，也就是從那天起她就病倒了，她的腦子受到刺激。更清楚的是，她知道這件事的全部意義，同樣清楚的是，想從她那兒得到幫助，我們必須等待一段時間。

「然而，我們實際上無須依靠她的幫助，我們可以在警察局找到答案。我已叫阿爾加將答案送來，沒有什麼比這更明確的了。布朗納太太的房子已經三天沒人居住，鄰居以爲她去南方看親戚了。從輪船辦事處得到證實，布朗納已乘『五朔節』號出航。我估計，該船將在明晚到達泰晤士河。等布朗納一到，他就會遇到腦筋遲鈍但辦事果斷的雷斯垂德。我毫不懷疑，我們將會獲悉全部的詳情。」

事情的發展沒有讓福爾摩斯失望。兩天後，他收到一大包資料，內裝雷斯垂德探長的一封短信和一份好幾大張的列印材料。

「雷斯垂德已經把他抓住啦。」福爾摩斯說，瞟了我一眼，「看看他說些什麼，或許會引起你的興趣。」

親愛的福爾摩斯：

按照我們用以驗證我們的推測所做的計畫（華生，這個「我們」說得很有意思，對吧？），我於昨日下午六時前往阿伯特碼頭走訪了「五朔節」號輪船。該船屬於利物浦—都柏林—倫敦輪船公司。據查船上有一個名叫吉姆·布朗納的服務員，航行途中他行為異常，船長只好解除他的工作。我到他所在的船艙時，他正坐在一個箱子上，兩手撐著腦袋，搖來晃去。他身材高大結實，臉刮得很乾淨，皮膚黝黑，和曾在冒牌洗衣店那件案子中幫助過我們的那個阿爾德里奇有點相像。等他搞清楚我的來意，就馬上跳了起來。我立刻吹響警

笛，喚來兩名守候在角落裡的水上員警，但是他似乎並不介意，甘願束手就擒。我們把他和那個箱子一起帶到密室裡，以為會在箱子裡找到什麼罪證，但除了大多數水手都有的一把大尖刀之外，別無他物。然而我們發覺，我們並不需要更多的證據，因為帶到警局一經審訊，他就要求招供。速記員把他說的話都作了記錄，我們打出了三份。一份隨信奉上。事實證明，和我所想的一樣，此案件極其簡單。閣下對於我所進行的調查給予很多幫助，謹此致謝。

你忠實的朋友

G．雷斯垂德上

「嗯！調查眞的很簡單，」福爾摩斯說道，「不過，當他第一次邀請我們的時候，我並不認爲他有那樣想。讓我們來看看吉姆．布朗納自己是怎麼說的吧。這是他在謝德威爾警察局向蒙特戈默里警長所作供詞的原始記錄。

我有什麼可說？有，我要說的話很多。我要把它全部說出來。你可以把我絞死，也可以不管我，要打我一頓也可以。我告訴你，自從我幹了那件事之後，我睡覺時就從沒閉過眼，我再也不會閉上眼睛了，總是醒著。有時是他的臉，更多的時候是她的臉。他們總出現在我眼前，不是他就是她。他皺著眉頭，像個黑人，而她的臉上總是現出驚恐的神色。唉，這隻白色的小羔羊，以前她總是充滿愛意的臉如今卻充滿殺氣，她看到後肯定會大吃一驚的。

但那是薩拉的過錯，但願她在一個被毀了的人的詛咒下遭殃，讓她的血在血管裡敗壞！這並不是我在洗刷自己。我自己清楚我喝了酒後，就像一頭野獸，但她對此並不介意，如果不是那個女人進了我家的門，她和我就像繩子套在滑輪上一樣緊密地連在一起。事情的根源是薩拉·庫欣愛我，她愛我！但當她明白我對我妻子印在泥土上的腳印的愛都要遠遠超過對她整個肉體和靈魂之愛的時候，她把全部的愛情化成了惡毒的仇恨。

她們姐妹三個，老大是個老實女人，老二是個魔鬼，老三則是個天使。我同瑪麗結婚時，瑪麗二十九歲，薩拉三十三歲。我們成家後，生活很美滿。我的瑪麗勝過整個利物浦的所有女人。後來，我們請薩拉來住一個星期，從一個星期變一個月，就這樣，她成了我們家裡的人。

當時我把酒戒了，而且有了一點積蓄，一切都很美滿。我的天哪，做夢也不會想到竟出現這樣的事！

週末我經常回家，要是碰到船等著裝貨，我就可以在家住上一個星期，因此經常見到我的小姨子薩拉。她身材高瘦，膚色偏黑，動作靈敏，脾氣暴躁，老是昂著頭，看上去很高傲的樣子，目光如同火石上迸發的火花。可是，只要小瑪麗在，我未曾想到過她。我可以對仁慈的上帝發誓。

有時候，她似乎樂於和我獨處，或哄我和她一起出去閒逛，可我從來沒產生非分之想。直到有一天晚上，我才終於明白了。我從船上回到家，只有薩拉一人在。我問：「瑪麗呢？」「啊，她去結賬啦。」我不耐煩地在房間裡來回走著。「才五分鐘見不到瑪麗就不高興了，吉姆？」她說，「才一下子你都不願意跟我在一起，我感到太沒面子了。」「這沒什麼，小姐，」我說著，善意地向她伸出手，她立刻用雙手握住。我感到她的雙手熱得發燙。我凝視著她的雙眼。從她的眼裡我明白了一切，不需要彼此再說什麼。我皺了一下眉，把手抽開。她默默地在我身邊站了一會兒，然後用手輕撫我的肩膀。「好一個穩重的吉姆！」她說完，發出一聲嘲弄的笑聲，跑到屋外去了。

唉，從那以後，薩拉就恨透我了。她心中充滿著怨恨。而我卻傻乎乎地讓她這樣和我們住在一起，我簡直是一個傻瓜。可是我對瑪麗隻字未提，因為我

知道這會使她難過的。一切都跟往常一樣。過了一段時間，慢慢的我發現瑪麗有點兒變了。她以前是那樣相信人，那樣天真，可現在她變得古怪、多疑，我去過哪兒，做什麼事，誰寫信來給我，口袋裡裝什麼等，諸如此類莫名其妙的事，她都要鉅細靡遺地過問。她變得越來越古怪，越來越愛發脾氣。不為任何原因，我們卻總吵來吵去。我對此感到莫名其妙。現在，薩拉躲著我，可是她和瑪麗簡直形影不離。我現在知道了，她是如何去挑撥、欺騙她，教唆她與我作對。可是，當時我像個瞎子似的對此毫無察覺。後來我又開始喝酒了，可是，如果瑪麗像從前那樣待我，我決不會再這樣的。她有理由討厭我。我們之間的隔閡越來越深了。使事情更為糟糕的是，一個叫阿利克·費拜恩的又插了進來。

一開始，他到我們家是來看望薩拉的，很快就變成是來找我們的了。這個人很會討人喜歡，隨時隨地都可以結交朋友。他是一個時髦傲慢的小夥子，漂亮，有著一頭捲髮。他周遊了半個世界，見多識廣而且很健談。他很風趣，這點我不否認。像他這樣一個舉止斯文的船員，我想他肯定在船上不是一般水手而是高級職員。他與我們家來往已有一個月了，我從來沒想到他那溫和而機智的風度裡藏有惡意。因為一些事使我開始懷疑。從那天起，我就失去了平靜的生活。

那不過是一件小事。我偶然來到客廳，剛進門時，看見妻子臉上露出歡迎的神色，可是等她看清來者是誰時，那神情不見了。她滿臉失望地轉身就走了。這可夠我受的。她可能是把我的腳步聲誤認為是阿利克·費拜恩的了，不會是別人。如果我當時發現了他，我早把他殺了，因為我發起脾氣來就像個瘋子。瑪麗見我眼露凶光，跑過來用雙手拉住我的衣袖。「別這樣，吉姆，別這樣！」她說。「薩拉呢？」我問道。「在廚房。」她說。「薩拉，」我邊說邊走進廚房，「再也不許費拜恩踏進這個家門。」「為什麼不許？」她說。「因為這是我的命令。」「啊！」她說，「要是我的朋友不配進你家，那我也不配啦？」「隨你怎麼想，」我說，「不過，要是費拜恩再出現在這兒，我就把他的一隻耳朵留給妳作紀念。」我想我的臉色肯定把她嚇壞了，因為她什麼也沒說，當晚就從我家搬走了。

唔，到現在我也搞不清楚，究竟只是這個女人的魔法呢，還是她認為唆使我妻子去胡搞，就可以讓我和我的妻子作對。反正，她另找了個房子，和我們家隔著兩條街，是租用給水手的。費拜恩是那兒的常客，瑪麗常繞道去同她姐姐和他一起喝茶。我不知道瑪麗多久去一次。有一天，我跟在她後面，闖進門去，費拜恩像隻嚇破膽的黃鼠狼從後花園跳牆跑了。我對我妻子發誓，如果再讓我撞見她和他在一起，我就把她殺了。我帶她回家，她哭哭啼啼，渾身發抖，臉白如紙。我們之間再也沒有愛情可言。我看得出來，她恨我、怕我。我想到這就喝酒，她照樣鄙視我。

薩拉眼看在利物浦住不下去，就回去了。據我所知，她搬到克羅伊登她姐姐那兒去了。事情還是如此的拖下去。後來，到了上個星期，全部的苦難和災禍降臨了。

事情是這樣的：我們的「五朔節」號在外面航行了七天。船上的一個大桶鬆開了，使一個橫樑脫了節，我們只好進港停泊十二個小時。我下船回家，心想這會使我妻子驚喜的，並且指望她見我這麼快就回來，也許會高興。我這樣想著，轉入了我住的那條街道。這時，一輛馬車從旁邊駛過。她就在馬車裡，坐在費拜恩身邊。兩個人有說有笑，根本沒有想到我，而我正站在人行道上注視著他們。

我告訴你們，請你們相信，從那時起，我就無法控制自己了。現在回想起這件事，真像一場噩夢。最近，我酒喝太多，這兩件事使我暈頭轉向。現在，在我腦袋裡像有一把船員用的鐵錘那樣在敲打，可是那天上午，好像整座尼加拉瓜大瀑布都在我耳朵旁轟鳴。

呃，我悄悄地尾隨著那輛馬車，手裡拿著一根沉重的橡木手杖，氣得兩眼冒火。跑的時候我也學乖了，稍微在後面離遠一點，這樣我能看見他們，他們卻看不見我。他們很快到了火車站。售票處人很多，所以我離他們很近，他們也無法發現我。他們買了去新布里奇頓的車票，我也買了。我坐在他們後面，隔三節車廂。到達以後，他們沿著閱兵場走去，我與他們總是保持不超過一百碼的距離。最後，我看見他們租了一條船，要去划船。那天很熱，他們一定以為水上要涼快些。

看樣子，他們這回真的逃不脫我的掌心了。天氣有點霧濛濛的，幾百碼以外看不見人。我也租了一條船，尾隨在他們後面。我隱約能看見他們的小船，但他們的船走得和我的船差不多快，我要是不趕上去，他們肯定離岸一英里了。霧氣像一塊布幕籠罩在我們四周，這裡面就只有我們三個人。我的天呀，當他們看清向他們划過去的小船裡的人是誰的時候，他們兩個人的臉我至今難忘！她尖叫起來，而他則發瘋似地咒罵，用槳戳我，因為他一定看到我眼睛裡充滿了殺氣。我躲過了他的槳，用手杖回敬他一下，他的腦袋就像雞蛋一樣碎裂了。儘管我已經發狂了，大概也會饒了她，可是她卻一把抱住他直喊，還叫他「阿利克」。我接著又是一下，她就倒在他旁邊了。當時，我像一頭嗜血的野獸。向上帝發誓，如果薩拉也在場，她也會得到同樣的下場。我抽出刀子，並且——哎，算啦！我說夠啦。每當我想到薩拉看到她因多管閒事帶來這樣的物證會有什麼感覺時，就給我一種野人般的快樂。後來，我把兩個屍體捆在船裡面，打穿一塊船板，一直等到船沉下去我才划開。我很清楚船老闆一定以為他們在霧裡迷失了方向，划出海了。我把衣服整理了一下，上岸回到輪船上，神不知鬼不覺，誰也不會懷疑出了什麼事了。當天晚上，我就

包好了要給薩拉．庫欣的包裹，第二天從貝爾法斯特寄出去了。

我已全部講完了。你們可以絞死我，隨便怎麼處置都行，但你們不要用我已經受過的罪來懲罰我。我無法閉眼，一閉眼那兩張盯著我的臉就出現——就像我的小船穿過濃霧時，他們盯著我的那種樣子。我乾脆痛快地殺死他們，可是他們殺我卻是緩慢的折磨。如果我再過一個那樣的夜晚，天亮之前，我不是瘋就是死。你不會把我一個人關進牢房裡吧，先生？可憐我，別這樣，但願你們現在對待我就像你們在痛苦的日子裡受到的對待一樣。

「這怎麼解釋，華生？」福爾摩斯把供詞放下，嚴肅地說道，「這一連串的痛苦、暴力、恐懼，究竟是爲了什麼？一定是有某種目的的，要不然，我們這個宇宙就是受偶然所支配，這是無法想像的。那麼，是什麼目的呢？這是一個大問題，是一個人的理智永遠無法解答的。」

第三篇　紅圈會

「啊，沃倫太太，我看不出有什麼使妳不安的特殊因素；我也不明白，爲什麼我的時間如此寶貴，竟然還得管這件事。我眞的還有其他事情要做。」夏洛克．福爾摩斯這樣說著，轉身去翻閱他那本巨大的剪報簿。他把一些最近的資料剪下來收集在裡面，並且爲它們編了索引。

可是，房東太太很固執，並且具有女性的狡猾，她毫不退讓。

「去年你幫我的一個房客辦過一件事，」她說，「就是費戴爾．霍布斯先生。」

「噢，對，對——小事一樁。」

「可他老是叨念個沒完——說你好心腸，先生，說你能夠把沒有頭緒的事查得一清二楚。當我感到困惑、陷入苦惱中的時候，我想起了他說過的話。我知道，你可以辦到的，只要你願意幫忙。」

受到恭維時，福爾摩斯總是很好說話的，並且當別人眞誠對待他時，他也是會盡力去主持公正的。在這兩股力量下，他歎了口氣，表示同意，並放下膠水刷子，將椅子往後拖。

「好吧，好吧，沃倫太太，那就說給我們聽聽吧。妳不反對我抽菸吧？謝謝你，華生——火柴！我知道，妳的新房客一直待在房間裡，妳老看不到他，妳就爲此而發愁。那又沒什麼！上帝保佑妳，沃倫太太，如果我是妳的房客，妳會經常一連好幾個星期都見不到我的。」

「話是沒錯，先生，可是這回的情況不同啊，他使我害怕，福爾摩斯先生，怕得整夜睡不著覺。只聽見他急促的腳步聲走來走去，從大清早一直到深夜，可是連他的人影都沒見過——這我可受不了啦。我丈夫和我一樣對此感到神經緊張，不過他整天在外面上班，我呢，我想躲都躲不了。他爲什麼要避不見人呢？他到底幹了什麼？除了那個小姑娘，屋子裡就剩我和他了。我的神經再也受不了啦！」

福爾摩斯向前傾過身，把他細長的手指安撫地放在房東太太的肩膀上。只要他願意，他安慰人的力量幾乎有催眠般的魔力。她目光中的恐懼消散了，緊張的表情也鬆弛下來，恢復到常態。她在福爾摩斯指的那張椅子上坐了下來。

「如果要我管這件事，我必須瞭解所有的細節，」他說，「別急，好好想想。最小的細節可能是最重要的。妳是說，這個人是十天前來的，付了妳兩個星期的租金和伙食費？」

「他問我要多少錢，先生。我說一星期五十個先令。有一間小起居室和臥室，一切設施齊全，是在頂樓。」

「還有呢？」

「他說：『如果能照我的條件做的話，我可以一個星期付給妳五鎊。』我是一個窮婆子，先生，沃倫先生賺得也很少，錢對我來說可是意義重大。他拿出一張十鎊的鈔票，當場就給我了。『如果照我說的條件辦，未來很長一段時間裡妳可以每兩週拿到同樣多的錢。』他說，『否則，我就什麼也不會給妳了』。」

「什麼條件？」

「唔，先生，條件是他要掌握房子的鑰匙。這沒什麼，房客們常常是要鑰匙的。還有一個條件是，要讓他完全一個人待著，絕不能以任何藉口去打擾他。」

「這沒什麼大不了的，不是嗎？」

「從道理上說，沒什麼。可這根本是不合情理的。他在這兒住了十天了，沃倫先生、我、還有那個小姑娘都連一次也沒見過他。晚上、早上、中午，就只聽見他急促的腳步聲走來走去。除了第一個晚上之外，他再也沒有出過這屋子。」

「哦，他在頭一天晚上出去過？」

「是的，先生，回來得很晚——我們都睡了。他住進來之後就對我說過，可能會晚回來，叫我不要將大門上鎖。我聽見他上樓時，已經過了半夜了。」

「他怎麼吃飯呢？」

「他特別吩咐過，他一按鈴，我們就得把他的飯放在門外的一把椅子上。等他吃完了再按鈴，我們再從那把椅子上把東西收走。如果他要其他的東西，就用印刷體寫在一張紙上放在外面。」

「用印刷體寫？」

「是的，先生，用鉛筆寫的印刷體，只有一個詞，沒有別的了。我帶了一張來給你看——肥皂。這是另外一張——火柴。這是他在第一天早上留下的——《每日新聞》。我每天早上把報紙和早餐一起放在那兒。」

「天哪，華生，」福爾摩斯叫道，吃驚地盯看房東太太遞給他的幾張大紙片，「這倒眞有點兒反常。深居簡出，我可以理解，但是爲什麼要寫印刷體呢？這可是個笨辦法。爲什麼不寫書寫體呢？這說明什麼，華生？」

「說明他想掩飾自己的筆跡。」

「爲什麼呢？房東太太看見他的字體，對他又有什麼妨礙呢？也可能是你說的那樣。還有，字條爲什麼這麼簡節呢？」

「我想不出。」

「這樣一來就耐人尋味了。寫字的筆不是一般的筆，紫羅蘭色，粗筆芯。你看，寫好之後，紙是

從這兒撕開的，所以『肥皂』這個詞裡的『S』被撕去了一部分。這能說明一些問題，對吧，華生？」

「說明小心謹愼嗎？」

「完全正確。顯然還會有一些痕跡、指紋或其他什麼東西可以爲查明這個人的身分提供線索。沃倫太太，妳說這個人是中等身材，膚色很黑，有鬍子。大概多大年紀？」

「挺年輕的，先生，不超過三十歲。」

「唔，妳說不出更多的特徵啦？」

「他的英語說得很好，先生，可是從他的口音聽來，我感覺他是個外國人。」

「穿著講究嗎？」

「很講究，先生，一副紳士派頭，深色衣服——我看不出有什麼特別。」

「他沒告訴妳他的名字嗎？」

「沒有，先生。」

「他沒有信，或是拜訪者嗎？」

「沒有。」

「妳，或者是那個小姑娘，一定在某個早上進過他的房間吧？」

「從來沒有，先生，他完全是自己料理一切。」

「哦？眞奇怪。行李呢？」

「他隨身帶著一個棕色大提包——沒別的了。」

「唔，看來我們掌握的有用材料並不多。妳是說什麼東西也沒有從他房間裡帶出來過——一樣也沒有？」

房東太太從她包包裡拿出一個信封，又從信封裡取出兩根燒過的火柴和一個菸頭放在桌上。

「今天早上這些東西放在他的盤子裡。我帶來給你看看，因爲我聽說你能從細小的東西上看出大問題。」

福爾摩斯聳聳肩。

「這沒有什麼特別，」他說，「火柴當然是用來點香菸的，從燒剩的長度上可以很明顯地看出來；點一斗菸或是一支雪茄燒去了一半。可是，唉，這個菸頭倒是很奇怪。妳說過，這位先生上唇和下巴都有鬍子？」

「是的，先生。」

「這我就不明白了。憑我的經驗，只有鬍子刮得精光的人才會把菸抽成這樣。嘿，華生，就連你嘴上的那麼一點兒鬍子也會被燒焦的。」

「會不會是用菸嘴兒？」我提出我的看法。

「不，不。菸頭已經被咬破了。沃倫太太，我想房間裡不可能有兩個人吧？」

「不會，先生。他吃得太少了，我老懷疑他吃這麼一點還能活下去。」

「唔，我想我們必須多找一些材料。不管怎樣，妳沒什麼可抱怨的。妳收了房租，他雖然有些不尋常，但並非是一個惹麻煩的房客。他給妳優厚的房租，況且，即使他要隱瞞什麼，跟妳也沒什麼直接的關係。我們沒有道理干預別人的私事，除非我們有理由認爲事關犯罪。既然我已經接下這件事，就不會撒手不管。有什麼新情況，請告訴我；如果需要，我會幫助妳的。」

「這裡面有幾點確實有意思，華生，」房東太太離開後，他說，「當然，也許是小事——個人的怪癖，但也可能比表面上奧妙得多。我首先想到的是這樣一種明顯的可能性，現在住著的，可能同租房間的完全是兩個人。」

「爲什麼這麼想？」

「呃，除了菸頭之外，這位房客租下房間之後馬上出去過一次，而且僅此一次，這難道不能說明什麼嗎？他回來的時候——或者說，某個人回來的時候——沒有一個人見到他。我們沒有證據，證明回來的人就是出去的人。另外，租房間的人英語很棒，另一個卻把應當寫爲『matches』的字寫成了『match』。我可以想像，這個字是從字典裡查出來的。字典裡只給名詞，但沒有給複數形式。這種簡短的字條可能是爲了掩飾不懂英語。沒錯，華生，有充分理由懷疑有人頂替了我們的房客。」

「但會是什麼目的呢？」

「啊！問題就在這裡。有一個十分簡單明瞭的調查方法。」

他取下一本大書，書中都是他平日收集的倫敦各家報紙的尋人廣告。「天啊！」他翻閱著書頁喊道，「好一個呻吟、哭泣和廢話的大合唱！一堆奇聞怪事的大雜燴！但在一個超乎尋常的學者眼裡，這無異爲他提供了一個最有價值的獵場！這個人孤零零的，爲避免洩露機密，不能以寫信的方式聯絡。消息和通信又是怎樣從外面傳給他的呢？顯然是透過報上的廣告。看來沒有其他的途徑。幸好我只需要留意一份報紙就可以了。這是最近兩個星期《每日新聞》上的摘錄：『王子滑冰俱樂部戴黑色羽毛圍巾的女士』——這不去管它。『吉米當然不會叫他母親傷心的』——這與我們無關。『如果這位昏倒在布里克斯頓的公共汽車上的女士』——她，我也不感興趣。『我的心每天都在渴望——』廢話，華生，全是廢話！啊，這一段有點兒可能。你聽：『耐心些。將尋找一種可靠的通信方法。目前，仍用此欄。G．』這是沃倫太太的房客住進來兩天之後刊登的。這個有點兒像，不是嗎？這個神秘房客可能是懂英語的，儘管他不會寫。再看看，我們能不能找到別的線索。啊，在這兒——三天之後的。『正做有效安排。耐心，小心。烏雲即將散去。G．』之後的一個星期什麼都沒有。然後這條就說得很明確了：『道路已掃清。如有機會，當發信號，記住約定的暗號——一是A，二是B，依此類推。你很快就會聽到消息。G．』這是登在昨天的報紙上的。今天的報上什麼也沒有。這一切都很符合沃倫太太那位房客的情況。華生，如果我們再等一等，我相信事情就會更清楚了。」

果然如此。早上，我發現我的朋友背靠爐火站在爐邊的地毯上，臉上掛著心滿意足的笑容。

「看看這個，華生！」他喊道，從桌上拿起報紙。「『紅色高房子，白石頭門面。三樓。左面第二個窗戶。天黑之後。G．』這夠明確了。我想吃完早飯我們一定得去拜訪一下沃倫太太的這位芳鄰。啊，沃倫太太！今天早上妳給我們帶來什麼新消息呀？」

我們的委託人突然怒氣衝衝地闖進來，這告訴我們，事情有了新的重大發展。

「這事得找員警啦，福爾摩斯先生！」她嚷道，「我再也受不了啦！讓他拎著他的行李滾蛋吧！我本想直接上樓去告訴他要他走的，不過我想還是先聽聽你們的意見好些。我忍耐到極限了，老頭子莫名其妙地挨了一頓打——」

「沃倫先生被打了？」

「反正對他可粗暴啦。」

「誰對他粗暴？」

「哎呀！我們也正想知道哩！就在今天早上，先生。沃倫先生是托特納姆宮廷路莫頓—威萊公司的打卡員。他得在七點

鐘以前離開家。好啦，今天早上，他出門還沒走上幾步路，後面追上來兩個人，用一件衣服蒙住他的頭，塞進了路旁的馬車。他們帶著他跑了一個鐘頭，打開車門，將他扔到車外。他躺在路上，嚇傻了，根本沒看清馬車是怎麼一回事。等他慢慢爬起來，才知道是在漢普斯蒂德荒地。他坐公共汽車回了家，這會兒還在沙發上躺著呢。我就馬上到這兒來告訴你們這件事。」

「真有意思，」福爾摩斯說，「他看見那兩個人的樣子沒有——聽見他們說話了嗎？」

「沒有，他嚇糊塗了。他只知道，他被抬上車，又被扔下去，就像變戲法一樣。車裡至少有兩個人，說不定是三個。」

「妳把這次襲擊同你的房客聯想起來啦？」

「哎，我們在這兒住了十五年啦，從來沒發生過這樣的事。我受夠他啦。錢不是一切。天黑以前，我會叫他離開我的房子。」

「等一下，沃倫太太。別衝動。我開始覺得這件事可能比我當初預料的要嚴重得多。很顯然，某種危險正在威脅著妳的房客。同樣清楚的是，他的敵人躲在妳家門附近等他。他們在朦朧的晨光中認錯了人，誤把妳丈夫帶走了，後來發現弄錯了，就把妳丈夫放了。如果不是看錯了人，那他們又會幹什麼呢？我們只能猜測。」

「噢，那我該怎麼辦，福爾摩斯先生？」

「我非常想見見妳這位房客，沃倫太太。」

「我不知道要怎麼安排，除非你硬闖進去。每當我留下盤子下樓去的時候，就聽見他開門鎖的聲音。」

「他得把盤子拿進去。我們當然可以躲在某個地方看他拿盤子。」

房東太太想了一會兒。

「那好，先生，對面有個小房間。或許我可以在那放一面鏡子，或你們也可躲在門後——」

「好極了！」福爾摩斯說，「他什麼時候吃午飯？」

「大約一點鐘，先生。」

「華生和我準時去。我們到時再見吧，沃倫太太。」

十二點半，我們已站在沃倫太太住宅的臺階上。這是一幢高細的長形黃磚建築，坐落在大英博物館東北面狹窄的奧梅大街上。儘管它矗立在大街轉角處，但從那裡俯瞰下去，卻可以望見霍伊大街上那些更加華麗的住宅。福爾摩斯用手指著那排公寓住宅中的一幢笑出聲來，那些房子很搶眼，很容易就吸引了他的目光。

「瞧，華生！」他說，「紅色高房子，白石頭門面。完全符合信號中提到的地點。我們知道了地點，也知道暗號，我們的任務一定會簡單多了。那扇窗戶上放著一塊『出租』的牌子。這空著的公寓顯然是他的同夥藏身的地方。啊，沃倫太太，安排得怎麼樣了？」

「我都爲你們準備好啦。如果兩位都上去的話，就將鞋子放在樓下的平臺上。我現在就帶你們去。」

她安排的藏身處很好。鏡子也放得恰到好處，我們坐在黑暗中可以清楚地看見對面的房門。我們還沒有來得及安頓好，遠處就傳來這位神秘房客叮噹的搖鈴聲，沃倫太太趕緊離開。不久，沃倫太太端著盤子出現了。她把盤子放在緊閉的房門旁邊的一張椅子上，然後踏著重重的腳步離開了。

我們蹲在門後的角落裡，眼睛緊緊地盯著鏡子。房東太太的腳步聲剛剛消失，突然傳來鑰匙吱吱轉動的聲音，門把扭動了，兩隻纖細的手飛快地伸出來，把椅子上的盤子端走了。過了一會兒，又匆匆把盤子放回原處。我瞥見一雙陰鬱、美麗、驚悸的眼睛瞪著小房間的一絲門縫。然後，房門猛地關上，鑰匙又轉動了一次，一切都安靜下來。福爾摩斯拉拉我的衣袖，我們兩人偷偷地溜下樓梯。

「我晚上再來，」福爾摩斯對滿懷期待的房東太太說，「我想，華生，我們最好回自己的住處討論這件事。」

「你都看到了，我的推測是對的，」他躺

在安樂椅上，說道，「有人頂替了房客。我沒有料到的是，我們發現的竟然是一個女人，而且不是普通的女人，華生。」

「她看見我們了。」

「嗯，她發現了使她害怕的情況，這是肯定的。事情的大概情況已經很清楚了，不是嗎？一對夫婦來倫敦尋求避難所，以躲避非常可怕而緊迫的危險。他們防範越嚴，表示危險就越大。男的有事情必須得去做，在他辦事的時候，想把女的安置在絕對安全的地方，但卻不容易，不過他用一種非常獨特的方法解決了問題，很有效，就連替她送飯的房東太太也不知道她的存在。現在看來，很明顯，用印刷體寫字條是爲了掩飾她的性別，不讓別人從字跡上辨識出來。男的不能接近女的，否則就會把敵人引來。他不能直接和她聯繫，所以利用尋人廣告欄。到目前爲止，一切都很清楚了。」

「可是，原由爲何呢？」

「啊，對，華生——實際上這仍是嚴肅的問題！這一切的原由是什麼？沃倫太太的無事生非把事情擴大化了，並且在我們行動過程中呈現出更險惡的一面。我們完全可以說：這不是一般的感情糾葛。你看到那個女人發現危險跡象時的臉色啦。我們也聽說房東先生遭到襲擊的事了，這毫無疑問是針對這位房客的。警覺和拚命保守秘密都足以證明這是一件生死攸關的大事。襲擊沃倫先生的事進一步証明，敵人本身，不管他們是誰，也不知道女房客已經頂替了那男房客。這件事非常離奇複雜，華生。」

「爲什麼你要繼續深入下去？你想從中獲取什麼？」

「的確，爲什麼呢？是爲藝術而藝術吧，華生。當你看病的時候，我想你只是在研究病情而不會想到出診費吧？」

「那是爲了學習，福爾摩斯。」

「學習是沒有止境的，華生。課程一門接一門，最好的總在最後。這件案子很有啓發性。既不涉及金錢也無關乎名譽，但我們還是要把它查個清楚。天黑時，我們會發現我們的調查又前進了一步。」

我們回到沃倫太太的住處，這時，倫敦冬天的夜色更加濃厚了，變成一塊灰色的帷幕，只有窗戶明亮的黃色方玻璃和煤氣燈昏暗的光暈打破了死氣沉沉的單調色彩。當我們從旅館一間黑暗的起居室向外窺視的時候，昏暗中一束暗淡的燈光又在高處閃爍。

「那個房間裡有人在走動，」福爾摩斯低聲說，他那瘦削的臉急切地探向窗前，「對，我看見他的影子了。他又出現了！手裡拿著蠟燭，他在向對面窺視。他想確認她在看信號，現在他開始晃動燈光發信號了。華生，你也記一下信號，以便我們互相核對。一下，這肯定是A。現在，哦，你記的是幾下？二十。我也是二十。這應該是T。AT——這足夠明白了！又一個T。這一定是第二個字的開頭。現在是——TENTA。突然停了。這不會是全部吧，華生？

ATTENTA沒有意思啊。就算是三個字——AT，TEN，TA，這也沒什麼意思，除非T、A是一個人姓名的縮寫。又開始了！是什麼？ATTE——怎麼重複同樣的信號？古怪，華生，太古怪了！現在他又停了！AT——什麼？第三次重複，三次都是ATTENTA！他要重複多久？看來現在他發完了。他離開了窗口。華生，你怎樣看這件事？」

「是用密碼聯絡，福爾摩斯。」

我的同伴突然發出恍然大悟的笑聲。「並不是太晦僻的密碼，華生，」他說，「是的，當然，那是義大利文！A的意思是說信號是發給一個女人的。『當心！當心！當心！』怎麼樣，華生？」

「我相信你是對的。」

「毫無疑問。這是一個緊急信號。重複了三次，說明萬分緊急。但當心什麼呢？等一下，他又到窗口來了。」

我們又看見一個模糊輪廓的人蹲伏著。隨著信號的更新，一點兒小火苗又在窗前來回晃動了。信號比上次打得更快——快得幾乎記不下來。

「PERICOLE——嗯，這是什麼意思，華生？『危險』，對不對？對，確實，是一個危險信號。他又來了！PERI……啊，這究竟是——」

燈光突然熄滅，對面窗格裡發出的微弱光芒消失了，在其他各層明亮的窗扉映襯下，第四層給這棟大樓鑲上了一條黑帶子。最後的危急呼叫突然中斷了。怎麼一回事？被誰打斷的？這個想法幾乎同時出現在我倆的腦子裡。福爾摩斯從窗戶旁邊蹲伏著的地方一躍而起。

「事情嚴重了，華生，」他叫道，「要出事！信號為什麼突然中斷了？這件事我得跟警察局取得聯繫——可是，事情緊急，我們脫不開身。」

「要我去叫員警嗎？」

「我們得把情況搞得更清楚一些才是。它或許有更清楚的解釋。走，華生，讓我們親自出馬，看看有什麼辦法。」

當我們沿著霍伊大街疾走時，我回頭看了一眼我們剛剛離開的建築物。在頂樓的窗戶，我看見一個模糊的頭影，一個女人的頭影，呆呆而緊張地望著外面的夜空，正在焦慮不安地屏息等待著中斷了的信號重新開始。在霍伊大街公寓的門階上，有一個圍著圍巾、穿著大衣的人靠在欄杆上。當門廳的燈光照在我們的臉上時，這個人吃了一驚。

「福爾摩斯！」他喊道。

「噫，葛雷格森！」我的同伴說道，一面和這位蘇格蘭場的警探握手，「這真是冤家路窄啊。什麼風把你吹到這裡來啦？」

「我想，是跟你同樣的原因，」葛雷格森說，「我真想像不出你是怎麼知道這件事的。」

「殊途同歸嘛。我一直在記錄信號。」

「信號？」

「是啊，從那個窗口。信號發了一半中斷了。我們來看看是什麼原因。既然是你在辦案，萬無一失，我看我們就用不著管下去了。」

「等等！」葛雷格森急切地說道，「我要對你說句心裡話，福爾摩斯先生，我辦案子，只要有你在，心裡總感覺踏實得多。這棟房子只有一個出口，所以他跑不了。」

「誰？」

「啊，福爾摩斯先生，這一回我們可領先一步了。這一次，你可得要讓我們佔先了。」他用手杖在地上重重地敲了一下，隨即一個手拿馬鞭的車夫從街那頭的一輛四輪馬車旁邊踱了過來，「請允許我爲你介紹福爾摩斯先生。」他對車夫說道，「這位是美國平克頓偵探所的萊弗頓先生。」

「就是偵破長島山洞奇案的那位英雄嗎？」福爾摩斯說，「很高興見到你，先生。」

他是個沉靜、幹練的美國年輕人，一張有稜有角的臉，鬍子刮得精光。他聽了福爾摩斯的這番讚揚，不由得漲紅了臉，「我是爲了生活奔波，福爾摩斯先生，」他說，「如果我能抓住喬吉亞諾——」

「什麼！紅圈會的喬吉亞諾嗎？」

「呵，他在歐洲很出名，是吧？我們在美國也知道他的事情。我們知道他是五十件謀殺案的主犯，可惜我們沒有法子抓住他。我從紐約就一路跟蹤他。在倫敦的整整一個星期裡我都在他附近，尋找時機親手把他抓起來。葛雷格森先生和我一直追他到這棟公寓，這裡只有一個出口，他跑不掉了。他進去之後，已有三個人從裡面出來，但是我敢肯定，他不在這三個人裡面。」

「福爾摩斯先生提到信號，」葛雷格森說，「我想，同往常一樣，他瞭解許多我們所不瞭解的情況。」

福爾摩斯把我們遇到的情況簡要地做了說明。這個美國人兩手一拍，又氣又急。

「他發現了我們啦！」他嚷道。

「你怎會這樣想呢？」

「唉，情況難道不就是這樣嗎？他在向他的同夥發信號——他有一夥人在倫敦。正如你所說的，他突然告訴他們有危險，中斷了信號。他不是在窗戶突然發現我們在街上，就是隱約意識到危險在逼近，如果他想躲過危險，就必須立刻採取行動。除了這些，還能是什麼別的意思呢？你怎樣看，福爾摩斯先生？」

「所以我們要立即上去，親自去查看一下。」

「但是我們沒有逮捕證。」

「他是在可疑的情況下，在無人居住的屋子裡，」葛雷格森說，「眼下這就足夠了。當我們還在追蹤他的時候，我們要看紐約警方是否可以協助我們逮捕他。而現在，我可以負責逮捕他了。」

我們的官方偵探在智力方面可能略有欠缺，但是卻不缺乏勇氣。葛雷格森上樓去抓那個亡命之徒了。他仍然是那樣一副沉穩精幹、公事公辦的態度。也就是靠著這種態度，他在蘇格蘭警察局的官場上步步高升。那個平克頓偵探所的人曾試圖趕在他的前面，可是葛雷格森早已堅決地把他擋在後面了。倫敦的員警對倫敦城裡的危險享有優先權。

四樓左邊房間的門半開著。葛雷格森把門拉開，裡面是絕對的漆黑沉寂。我劃了一根火柴，把偵探的手提燈點亮。就在此時，在燈光照亮以後，我們大家都吃驚地倒抽了一口氣。在沒有鋪地毯的地板上，有一條鮮紅的血跡。紅色的腳印沖著我們通向內屋。內屋的門是關著的。葛雷格森把門撞開，高舉提燈照著前面，我們大家都從他的肩頭急切地向裡面張望。

這間空屋的地板正中躺著一個身材魁梧的男人，他那修整乾淨的黝黑臉孔，扭曲得變形，十分可怕；頭上滲出一圈可怕的深紅色血跡。屍體躺在一塊白木板上的

一個巨大的濕淋淋的環形物上。他的雙膝彎曲，兩手痛苦地攤開著。一把白柄的刀子從他粗黑的喉嚨正中向下整個地刺進了他的身體。這個人身材魁梧，在他遭到這致命的一擊之前，他一定已經像一頭被斧頭砍倒的公牛一樣倒下了。他右手旁的地板上放著一把可怕的雙邊開刃的牛角柄匕首，匕首旁邊是一隻黑色小山羊皮手套。

「天啊！這是黑喬吉亞諾本人！」美國偵探喊道，「這次有人搶在我們前頭了。」

「蠟燭在窗臺上，福爾摩斯先生，」葛雷格森說，「唉，你還在那兒幹什麼？」

福爾摩斯已經走過去點上了蠟燭，並且在窗格前來回晃動著。然後他向黑暗中探望著，吹滅蠟燭，把它扔在地板上。

「我想這樣做會有幫助的。」他說。他走過來，站在那裡，陷入沉思。這時兩位專職人員正在檢查屍體。「你說，當你們在樓下等候的時間裡，有三個人從房子裡出去，」最後，他說道，「你清楚地看過他們嗎？」

「是的。」

「其中有沒有一個三十來歲的青年，黑鬍子，膚色偏黑，中等身材？」

「有。他是最後一個走過我身邊的。」

「我想，他就是你要找的人。我可以對你描繪出他的樣子來，我們還有他一個很清晰的腳印。這對你應該是足夠了。」

「在倫敦的幾百萬人中找這個人，線索還不很夠，福爾摩斯先生。」

「也許不很夠。因此，我想最好還是叫這位太太來幫助你們。」

聽見這句話，我們都轉過身去。只見門道上站著一個高挑而美麗的女人——布盧姆斯伯裏的神秘房客。她慢慢走上前來，臉色蒼白，神情非常憂鬱，雙目直直地瞪著，驚恐的目光牢牢地盯著地上那個黝黑的軀體。

「你們把他殺死啦！」她喃喃地說，「啊，我的上帝，你們把他殺死啦！」接著，我聽見她突然深深地倒吸了一口氣，跳了起來，發出喜悅的喊叫。她在房間裡轉著圈，手舞足蹈，因爲驚喜，她的黑眼睛閃閃發光，上百句優美的義大利感嘆詞句從她唇邊湧出。一個女人見到這樣一番情景之後竟然如此欣喜若

狂，這是何等可怕而奇特的一幕啊。她突然停下來，用一種試探的眼光看著我們。

「你們！你們是員警吧？你們殺死了奎賽佩・喬吉亞諾，對嗎？」

「我們是員警，夫人。」

她向房間裡的暗處掃視了一周。

「那麼，根納羅在哪兒呢？」她問道，「我的丈夫根納羅・盧卡。我是伊米麗亞・盧卡。我們兩個都來自紐約。根納羅在哪兒？剛才是他在這個窗戶召喚我，我就趕快跑來了。」

「叫妳來的是我。」福爾摩斯說。

「你！你怎麼可能？」

「妳的密碼並不難懂，夫人。歡迎妳的光臨。我知道，我只要閃出『Vieni』的信號，妳就一定會來的。」

這位美麗的義大利女人敬畏地看著我的同伴。

「我不明白，你是怎麼知道這些的，」她說，「奎賽佩・喬吉亞諾——他是怎麼——」她停頓了一下，然後臉上突然被驕傲和喜悅的光芒照亮了。「現在我明白了！我的根納羅呀！我偉大、英俊的根納羅，是他保護我遠離一切傷害，是他。他用他強有力的手臂殺死了這個惡魔！啊，根納羅，你是多麼完美啊！什麼樣的女人能配得上這樣的男子！」

「唔，盧卡太太，」深感無趣的葛雷格森說著，一隻手拉住這位女士的衣袖，面無表情，就好像她是諾丁山的小流氓似的，「妳是誰，妳是幹什麼的，我都不很清楚；不過根據妳說的，情況已經很明白了，我們要請妳到局裡去一趟。」

「等一等，葛雷格森，」福爾摩斯說，「我倒覺得，這位女士可能正像我們急於瞭解情況一樣，也急於要把事情眞相告訴我們。夫人，妳可知道，妳丈夫將會因殺死躺在我們面前的這個人而被逮捕審判嗎？妳說的話將會是證詞。但是，如果妳認爲他做出此事不是出於犯罪的動機，那麼，妳幫他的最好的辦法就是把全部經過告訴我們。」

「既然喬吉亞諾死了，我們就什麼都不怕了，」這位女士說，「他是個惡棍，是個魔鬼。世界上沒有法官會因我丈夫殺死了這樣一個人而審判我丈夫的。」

「既然是這樣，」福爾摩斯說道，「我建議把房門鎖起來，讓現場保持完整。我們跟這位女士一起到她的房間去。等我們聽完了她對我們說的一切之後，再作打算。」

半個鐘頭後，我們四個人已在盧卡太太那間小小的起居室裡坐下來，聽她詳細地講述那一連串充滿驚險的事件。事件的結尾，我們碰巧已經目睹了。她的英語說得很快，流利但不很標準。爲了表述明白，我只好作些語法上的修改。

「我出生在那不勒斯附近的坡西利坡，」她說，「是首席法官奧古斯托·巴雷裏的女兒。我父親在當地曾經做過議員。根納羅是我父親的雇員。像其他女人會做的那樣，我愛上了他，他沒有錢也沒有地位——他什麼也沒有，只有英俊的外貌、力氣和精力——所以我父親不同意我們結婚。我們私奔了，在巴里結了婚。我將首飾賣了，用這筆錢我們到了美國。這是四年前的事，從那時起，我們一直住在紐約。

「起初，我們運氣不錯。根納羅幫助了一位義大利紳士——他在一個叫鮑厄裏的地方把這位先生從幾個暴徒中救了出來，因而結交了一位有勢力的朋友。這位先生叫梯托．卡斯塔洛蒂。他是卡斯塔洛蒂—贊姆巴大公司的主要合夥人。這家公司是紐約最大的水果進口商。贊姆巴先生身體不好，公司的大權由我們新結識的朋友卡斯塔洛蒂一手掌管。公司雇用了三百多名職員。他安排我丈夫在他的公司裡主管一個部門，在各方面對我丈夫都很好。卡斯塔洛蒂先生是個單身漢，我相信，他是把根納羅當成他的兒子來看的，我和我丈夫也像敬愛自己的父親一樣敬愛他。我們在布魯克林購置了一幢小房子，看上去我們的整個前途都有了保障。這時候，生活突然出現了陰影，我們的天空很快就被烏雲覆蓋。

「有一天晚上，根納羅下班回來，帶來一個同鄉，叫喬吉亞諾，也是從坡西利坡來的。這個人身材高大，你們可以驗證，因爲屍體你們看過了。他不但塊頭大，而且舉止怪異，令人懼怕。在我們的小屋裡他說話就像打雷一樣。當他講話的時候，屋裡幾乎沒有足夠的空間可以讓他揮舞巨大的手臂。他的思想、情緒、熱情都是誇張而怪異的，他說話時，或者可以說吼叫時，是那麼用力，別人只能坐在那裡乖乖地聽他一個人滔滔不絕，被他話語中的威力所震懾。他的眼睛一看著你，你就得聽他擺佈。他是個可怕的怪人。感謝上帝，他已經死啦！

「他一次又一次的到我家來。可是我知道，根納羅跟我一樣並不想見到他。我那可憐的丈夫臉色蒼白的坐著，倦怠地聽他無止盡的談話。對政治和社會問題所發表的滔滔不絕的胡言亂語，構成了他談話的全部內容。根納羅一言不發，而我，我是如此地瞭解他。我從他臉上看得出某種我以前不曾見過的表情。起初，我以爲是厭惡。後來，我慢慢明白了，不僅是厭惡，是恐懼——一種深沉的、隱蔽的、畏縮的恐懼。那天晚上——就是我看出他恐懼的那個晚上——我抱著他，以他對我的愛懇求他告訴我，以他什麼事都不瞞著我的感情懇求他告訴我，爲什麼這個大個子竟能把他弄得這樣心神不定。

「他告訴了我。我一邊聽著，一邊覺得我的心像凝結成冰一樣越來越冷。我可憐的根納羅呀，在那狂亂的日子裡，整個世界似乎都在跟他作對，他幾乎要被不公平的生活逼瘋了。就在那些日子裡，他加入了那不勒斯的一個團體，叫紅圈會，和老燒炭黨是同類組織。這個組織的誓約和秘密眞是可怕，而且一旦加入就休想退出。我們逃到美國的時候，根納羅以爲他已經跟它永遠一刀兩斷了。那天晚上，當他在街上碰見一個人時他是多麼的驚恐啊！這個人就是在那不勒斯介紹他加入那個團夥的大頭目喬吉亞諾。在義大利南部，他因殺人不眨眼而被稱爲『死亡』！他到紐約是爲了逃避義大利警方，並且他已經計畫在新定居的地方建立這個恐怖組織的分支機搆。根納羅把這一切都告訴了我，並且把他那天收到的一張通知給我看。通知上端畫了一個紅圈。告訴他要在某一天集會，他必須應命到會。

「眞是糟透了。但更糟的還在後面。我注意到在一段時間了，喬吉亞諾常在晚上到我們家來，並且跟我說很多話。或者即使他是對我丈夫說話，他兩隻野獸般可怕的眼睛卻老是盯著我。有一個晚上，他隱秘的企圖暴露了。我見識了他所謂的『愛情』——畜生和野蠻人的愛情。他來的時候，根納羅還沒有回家。他闖進屋來，用他有力的手抓住我，摟進他那像熊似的懷裡，劈頭蓋臉地吻我，並且懇求我跟他走。我正掙扎尖叫，根納羅進來了，衝上去打他。他打昏了根納羅，逃出屋去，從此就再也沒有到我們家來。就是那個晚上，我們成了死對頭。

「幾天後開了會。根納羅開完會回來後，他的臉色告訴我發生了什麼可怕的事情。它比我們曾想像可能會發生的更糟。紅圈會的資金是靠敲詐有錢的義大利人籌集的，如果他們不出錢，就以暴力威脅。看樣子，已經找到我們親愛的朋友和恩人卡斯塔洛蒂的頭上了。他絕不屈服於威脅，並且把恐嚇信交給了員警。紅圈會決定要拿他開刀，以防止其他受害者群起效尤。會上決定，用炸藥把他和他的房子一起炸掉。抽籤來決定誰去做這件事。當根納羅把手伸進袋子去摸籤的時候，他看見我們的仇敵那張殘酷的臉正對著他奸笑。毫無疑問，事先已經預先做好了安排，因爲籤落到了我丈夫的手裡。籤上那個致命的紅色圓圈，就是殺人的命令，他不是去殺死自己最好的朋友，就是他和我遭到他同夥的報復。懲罰他們所害怕或者憎恨的人，不但傷害這些人本身，還要傷害這些人所愛的人，這就是他們惡魔般規定的其中之一。這種恐怖壓在我可憐的根納羅的肩頭，逼得他憂慮不安，幾乎都快發瘋了。

「我們整夜坐在一起，互相挽著胳膊，爲我們面臨的災難而彼此鼓勁。動手的時間定在第二天晚上。中午左右，我丈夫和我上路來倫敦了，可是沒來得及通知我們的恩人說他有危險，也沒來得及把這一情況報告員警，以保護他往後的生命安全。

「先生們，其餘的，你們自己都知道了。我們知道，我們的敵人將會如影隨形般跟蹤著我們。喬吉亞諾的報復自有他私下的原因，可是不管怎麼說，我們知道他是個多麼殘酷、狡猾、頑固的傢伙。義大利和美國到處都在談論他那可怕的勢力，現在他可怕的勢力得到了證實，我親愛的丈夫利用我們出發以來少有的幾天好天氣替我找了一個安身之所。在這種情況下，任何可能發生的危險都不至於威脅到我。至於他自己，想沒有牽掛地同美國和義大利的警方人員取得聯繫。我自己也不知道他住在哪裡，怎樣生活。我只能從一份報紙的尋人廣告欄中得到消息。偶然有一次我向窗外張望，看見有兩個義大利人在監視這所房子。我明白喬吉亞諾終於找到我們的下落了。最後，根納羅透過報紙告訴我，會從某個窗戶向我發出信號。可是信號出現時，只是警告，沒有別的，突然又中斷了。現在我明白了，他知道喬吉亞諾已經盯上他了。感謝上帝！當這個傢伙來的時候，他已做好準備。先生們，現在我想請問你們，從法律上來講，我們有沒有什麼要害怕的，世界上有沒有哪個法官會因爲根納羅所做的事情而給他判刑？」

「呃，葛雷格森先生，」那位美國人說，同時掃了警官一眼，「我不知道你們英國如何看待此事，不過我想，在紐約，這位太太的丈夫將會贏得普遍的感激。」

「她必須跟我去見局長，」葛雷格森回答說，「如果她說的事情屬實，我保證她或是她丈夫沒什麼可怕的。但是，我搞不明白的是，福爾摩斯先生，你怎麼也攪到這件案子裡來了呢？」

「學習，葛雷格森，學習，還想在這所老大學裡學點知識。好啦，華生，你又多收集到一份悲慘而離奇的範例啦。對啦，還不到八點鐘，卡文特廣場今晚在上演瓦格納的歌劇呢！要是我們快點走，還能趕得上第二幕。」

第四篇　布魯斯—帕汀敦圖紙案

一八九五年十一月的第三週，一場濃霧籠罩著整個倫敦。從週一到週四的這段時間，我懷疑我們能否從貝克街住處的窗戶辨別出對面的建築。第一天，福爾摩斯花整天的時間爲那冊厚厚的參考書編目。第二天和第三天，他頗有耐心地花在了最近才成爲他的嗜好的一個主題——中世紀音樂上。但是第四天，我們吃過早飯把椅子放回桌下後，望著那濃厚潮濕的霧氣仍然向我們襲來，在玻璃窗上凝成類似油珠的水滴，我那性情急躁好動的夥伴終於忍受不了這種枯燥了。他強忍著火氣，啃啃指甲，敲敲傢俱，在客廳裡來回走動著，對這種令人煩燥的天氣感到特別懊惱。

「華生，報上有沒有什麼有趣的東西？」他問道。

我明白福爾摩斯所說的有趣的東西是指和犯罪有關的消息。我的同伴對報導關於發生革命，或戰爭，還有政府即將改組的這類新聞都毫不關心。我說看不出來最近的犯罪報導有什麼不尋常的價值。福爾摩斯歎了口氣，繼續不停地來回走著。

「倫敦的罪犯們實在不夠高明，」他就像一個在競賽中沒有取得優勝的運動員一樣抱怨著，「你朝窗外看看，華生，行人身影朦朧地出現，轉眼又溶入在濃霧裡，這樣的天氣，倫敦的竊賊和殺人犯能夠像老虎在叢林中一樣任意遊蕩，爲所欲爲，直到他們向獵物猛然撲去時才會現身，並且只有他的受害者才能看得清楚。」

「是有很多竊賊。」我說道。

福爾摩斯不以爲然地哼了哼。

「這個肅穆陰沉的大舞臺是爲比這些小兒科更重要的事件設置的，」他說，「我不是罪犯簡直是社會的幸運。」

「的確如此！」我發自內心地說。

「假如我是布魯克斯或伍德修斯，或者是那五十個有足夠理由要我性命的人的任意一個，在我自己的追殺下，我還能倖存多久呢？一張傳票，一次假約會，就萬事大吉了。幸虧那些拉丁國家——謀殺盛行的國度——沒有起霧的日子。哈！好了，我們終於有事可做，不再沉悶無聊了。」

女僕送進來一封電報，福爾摩斯撕開電報看了一眼，突然大笑了起來。

「好，好！下面會發生什麼呢？」他說，「我哥哥麥克洛夫特就要來了。」

「怎麼了？」我問道。

「怎麼了？這就好比是在鄉間小路上看見迎面駛來一輛電車。麥克洛夫特有他自己行駛的軌道。他活動的範圍應該是在他帕爾大道的住宅、第奧根尼俱樂部和白廳之間。他僅來過這裡一次，只來過一次。這一次又是什麼重大的事件讓他脫離了自己的軌道呢？」

「他沒有作什麼說明嗎？」

福爾摩斯把他哥哥的電報遞給我。

為了卡朵甘．韋斯特的事情必須來見你。即將到達。

麥克洛夫特

「卡朵甘．韋斯特？我聽過這個名字。」

「我可沒有一點兒印象。不過麥克洛夫特突然造訪著實有點反常。星星有時也會脫離軌道的。順便說一下，你知道麥克洛夫特是做什麼的嗎？」

我在辦〈希臘譯員〉一案時曾聽他提到過，有一些模糊的印象。

「你對我說過，他在英國政府部門擔任什麼小職務。」

福爾摩斯抿著嘴笑了。

「我那個時候還不大瞭解你，涉及國家大事時不能不小心謹慎。你說的沒錯，他在英國政府裡工作，但在某種意義上，你也可以說他有時就是英國政府。」

「親愛的福爾摩斯！」

「我知道我會讓你感到吃驚的。麥克洛夫特始終是一個小職員，年薪四百五十英鎊，既沒有野心也不貪圖名利，但卻是我們國家最不可缺少的人。」

「怎麼回事？」

「哦，他自己掙得了一個獨一無二的地位。此種事情以前沒有，以後也不可能再發生。他思維細密條理分明，有著無人可比的記憶力。在這一點上我和他很相似，只不過我把這種非凡能力運用到了探案中，而他則運用到他那種特殊的事務裡。每個部門得出的結論都交給他，他是對所有這一切進行權衡的中央交換處和票據交換站。別人是精通某個領域的專家，而他的專長是萬事通。假如某個部長需要關於海軍、印度、加拿大以及金銀複本位制問題等方面的資訊，他只能分別從各個部門獲得毫不關聯的建議，只有麥克洛夫特才能把這些建議綜合起來，並立即說出各種因素之間的相互影響。他們原本只是將他當作一種快捷便利的工具加以利用，而現在他已使自己成爲了不可或缺的關鍵人物。在他那非凡的大腦中分類儲存著每一件事，而且他可以隨時傳達出來。他的話一次次地決定著國家的政策，他就是在這裡面生活著。只有當我爲了一兩個小問題去請教他時，他才鬆弛一下，鍛鍊鍛鍊智力，其他時間一概心無旁騖。但是今天丘比特卻從天而降。這到底意味著什麼？卡朵甘．韋斯特是誰？他同麥克洛夫特又有什麼關係？」

「我知道了，」我撲到在沙發上的一堆報紙喊道，「是的，是的，是在這兒，肯定是他！卡朵甘．韋斯特是星期二早晨被人發現死在地下鐵道上的那個年輕人。」

福爾摩斯關注地坐起來，菸斗還沒送到嘴邊就停下了。

「華生，事情肯定很嚴重。能改變了我哥哥習慣的死亡肯定非比尋常。他到底和這件事有什麼關係？我記得這個案件還沒有弄清楚。那個年輕人顯然是從車上掉下去摔死的。他既沒被搶劫，也沒有任何特別的原因來懷疑這是一起暴力案件。不是嗎？」

「驗屍過後，發現不少新情況。」我說道，「再回頭看看事件發生的經過，我敢肯定地說，這是一宗奇特的案件。」

「從對我哥哥造成的影響來判斷，我覺得事有奚蹺。」他斜倚在扶手椅中，「華生，讓我們瞭解一下整個事件的過程。」

「此人叫亞瑟·卡朵甘·韋斯特，二十七歲，未婚，烏爾威奇兵工廠職員。」

「政府職員，看，這就和麥克洛夫特老兄扯上關係了！」

「他星期一晚上突然離開烏爾威奇，最後見到他的人是他的未婚妻，維奧雷特·韋斯特伯莉小姐，那晚七點半，在大霧之中他突然不告而別。他們並未發生爭吵，她也無法解釋他如此行爲的原因。人們再一次聽到有關他的消息是，一個名叫梅森的鐵路工人在倫敦地鐵的阿爾蓋特站外發現了他的屍體。」

「什麼時候？」

「星期二早晨六點，屍體被發現躺在東向鐵軌的左側盡頭的地方，離站臺不遠，鐵軌在那兒從隧道中伸出來。頭部嚴重破裂——很可能是從火車上摔下來造成的。只可能是以那種方式屍體才落到了鐵路上。如果是從鄰近的某個街道搬過來的話肯定要通過站臺，而站臺無時無刻都有檢查人員。這一點似乎可以絕對肯定。」

「不錯。事情夠清楚了。不論死活，這個人不是從車上自己摔了下去就是被人扔下去的。這點我明白了。接著往下說。」

「從屍體旁邊的鐵軌經過的火車是從西往東行駛的，有些是純粹的市內火車，有些來自威萊思登和鄰近的車站。可以肯定這個不幸的年輕人是在那天較晚的時候乘車朝那個方向去的，不過還不能斷定他是從哪兒上的車。」

「他的車票應該可以顯示這一點。」

「他口袋裡沒有車票。」

「沒有車票！哎，華生，這就很異常了。根據我的經驗，不出示車票是不可能進入地鐵月臺的。那麼推測起來他該有車票，拿走車票是爲了隱瞞他上車的車站嗎？有可能。或者他把車票丟在車廂裡？也有可能。這很奇怪，也很有趣。當時沒有被搶劫的跡象吧？」

「明顯沒有。這裡有一張他的物品清單。他的錢包裡有兩鎊十五先令和一本首都—州郡銀行烏爾威奇分行的支票。可以根據這些東西推斷他的身分。還有烏爾威奇劇院的兩張特等座戲票，日期是當天晚上的。還有一小包技術性資料。」

福爾摩斯滿意地喊道：

「華生，最終我們整理出來了！英國政府——烏爾威奇，兵工廠——技術性資料——麥克洛夫特。這下情節完整了。但是如果我沒有弄錯的話，這次由他自己來說了。」

片刻之後，麥克洛夫特．福爾摩斯被引進屋來。他身材高大，結實魁梧，模樣笨拙，可是長在這笨拙的軀體上的腦袋卻在眉宇之間流露出一種相當威嚴的神色，鐵灰色的眼睛是如此深邃機警，嘴唇顯得如此剛毅，表情又是如此微妙，以至於只要看他一眼，人們就會立刻忘掉那粗笨的身軀，而只記住他卓爾不群的頭腦。

他身後是我們的老朋友，精瘦幹練的蘇格蘭場探長雷斯垂德。他們倆陰沉的面孔預告著問題的嚴重性。

偵探握手時沒有言語。麥克洛夫特．福爾摩斯脫掉外衣，坐入一把靠椅裡。

「這件事眞叫人惱怒，夏洛克，」他說，「我討厭改變我的作息習慣，可當局不同意。在目前暹羅糟糕的狀態下我離開辦公室是最令人窘迫的。但這是眞

正的危機。我從沒見過首相這樣忐忑不安，而海軍部則亂哄哄的，像個被捅翻的馬蜂窩。你們已經看過這案子的資料了嗎？」

「我們剛剛看過。技術性資料是什麼？」

「啊，問題就在這裡！幸虧還沒有公開。一旦公諸於眾，新聞界馬上就會亂成一團。這個不幸的年輕人口袋裡裝的資料是布魯斯－帕汀敦潛水艇的設計圖。」

麥克洛夫特．福爾摩斯說話時神情嚴肅，表明他充分意識到該問題的重要性。他的弟弟和我坐在那裡期待著他說下去。

「你們肯定聽說過吧？我認爲沒有人沒聽說過。」

「只聽到過這個名稱。」

「它極爲重要。這是政府保守最爲嚴格的秘密。我可以告訴你們，在布魯斯－帕汀敦潛艇的控制範圍內，可以完全避免海上戰爭。兩年前，爲了獲得這項發明的專利，偷偷從政府預算中撥出很大一筆款項。爲了保守秘密採取了必要措施。這無比複雜的設計圖存放在和兵工廠毗鄰的裝有防盜門窗的機要辦公室內一個精心製造的保險櫃裡，由三十多個單項專利組成，每一個單項都對整體的運行有著關鍵的作用。無論發生什麼情況，都不允許把設計圖帶出辦公室。即使海軍總設計師想要查閱設計圖，他也得被迫到烏爾威奇辦公室去。然而，這些圖卻在倫敦的中心，在一個死去的小職員口袋裡被發現了，從官方的角度來講，這簡直太可怕了。」

「你們不是已經找回來啦？」

「沒有，夏洛克，沒有！關鍵就在這兒。還沒有找回來。有十張設計圖被從烏爾威奇拿走了，而卡朵甘·韋斯特的口袋裡只有七張。最關鍵的三張不見了——被人偷走了。夏洛克，你得放下所有事務，不要再爲警察局那些雞毛蒜皮的小問題花費心神了，現在要你解決的是一個至關重要的國際性問題。只要找出爲什麼卡朵甘·韋斯特要取走資料，丟失的資料又在哪裡，他是怎麼死的，屍體怎麼會在那兒，以及怎樣防止這場災難的發生等等諸如此類問題的答案，你就爲國家做了件大好事。」

「爲什麼你不自己來解決，麥克洛夫特？我能發現的問題，你也同樣可以發現。」

「你也許說的沒錯，夏洛克，但這裡面有細節需要查明。告訴我你所知道的細節，我可以坐在靠椅裡告訴你一位專家的卓見。但我不會去四處奔波，詢問路警，手中拿著放大鏡趴著察看。你才是能夠查清眞相的合適人選。如果你希望在下一次的光榮名冊上看見自己的名字——」

我的朋友微笑著搖搖頭。

「我做事向來只是出於對事情本身的興趣，」他說，「不過這個案子也的確顯示出一些有趣的方面，因此我樂意調查此案。請再提供我一些事實吧。」

「這張紙上是我粗略記下來的一些更爲關鍵的事實，以及幾處將會對你有用的地址。負責管理秘密文件的官員是政府一位著名的專家詹姆斯·瓦爾特爵士，他的榮譽和頭銜在人名錄中占了兩欄的位置。他是位紳士，熟悉業務，在上流社會中廣受人們的愛戴。最重要的一點是，他的愛國熱忱是毋庸置疑的。他是保管保險櫃鑰匙的兩個人之一。另外，資料在星期一的辦公時間內肯定還在辦公室裡。詹姆斯爵士在三點左右離開去倫敦時隨身帶著鑰匙。他在事情發生的整個晚上都在巴克萊廣場的辛克萊海軍上將家裡。」

「這一點證實了沒有？」

「證實了。他的兄弟法倫汀．瓦爾特上校證實他從烏爾威奇離開，而他到倫敦也已得到辛克萊海軍上將的證實，因此，詹姆斯爵士已不再和這一問題有直接的聯繫。」

「另外一個保管鑰匙的人是誰？」

「高級職員和繪圖員西得尼．詹森先生，四十歲，已婚，有五個孩子。他沉默寡言，性格古怪，但總體來說，工作表現出色。雖然與同事交往不多，但工作努力。據他自己的陳述，星期一下班後他整晚都在家，而鑰匙一直沒有離開他的錶鏈。但他的陳述只有他的妻子可以作證。」

「告訴我們一些關於卡朵甘．韋斯特的情況吧。」

「他已在這一職位上工作了十年，表現出色。他性情急躁、魯莽、易衝動，但卻是一個誠實坦率的人，大家對他評價不錯。他在辦公室裡的地位僅次於西得尼．詹森，他的職務使他能夠每天單獨接觸到這些設計圖。此外再也沒有別的人保管這些圖紙了。」

「那天晚上是誰負責鎖存圖紙的？」

「高級職員西得尼・詹森先生。」

「那麼，是誰拿走了設計圖就完全清楚了。實際上設計圖就是在助理職員卡朵甘・韋斯特身上發現的。這樣一來問題不就解決了嗎？」

「是這樣，夏洛克，但是許多事情還無法解釋。首先，他爲什麼要拿走圖紙？」

「我想是這設計圖可以賣個好價錢吧？」

「他可以輕易地換到幾千英鎊。」

「到倫敦去除了打算賣出設計圖紙外，還會不會有別的動機呢？」

「我不知道。」

「那麼，我們不妨把這一點作爲我們展開工作的前提。要有一把仿製的鑰匙，年輕的韋斯特才能拿走資料——」

「要仿製幾把鑰匙才行。他還要打開大樓和房間。」

「這樣一來他就要有幾把仿製的鑰匙。他把設計圖帶到倫敦去出售，無疑是打算在第二天早晨人們發現圖紙丟失之前把圖紙再放回到保險櫃裡，卻不料在倫敦進行叛國行爲時卻死於非命。」

「怎麼理解？」

「假定他被殺，且被從車廂裡扔出去，是在回烏爾威奇的路上發生的。」

「屍體被發現的地方是在阿爾蓋特，離倫敦橋車站挺遠的。這可能是他去烏爾威奇的路線。」

「可以設想出他經過倫敦橋時的許多情形。例如在車廂裡他和某一個人進行了秘密會面，此次會面以暴力告終，使他送了命。也可能是他想離開車廂，失足摔到了車外的鐵路上喪生。另外的那個人關上了門。由於霧很大，什麼東西也看不清。」

「根據我們現在所掌握的資訊不可能有更好的解釋了。但是想一想，夏洛克，還有不少情況你沒有觸及到。我們不妨假設年輕的卡朵甘．韋斯特私下決定將這些圖紙帶到倫敦，他自然會事先和外國間諜約好，並且設法使別人在那天晚上不會懷疑他。但事實恰恰相反，他拿了兩張戲票和他的未婚妻到劇院去，卻在半路突然失蹤了。」

「毫無根據的推論。」雷斯垂德說。他有點不耐煩地坐在那裡聽著談話。

「非常獨特的推論。這是第一點不合情理的地方。第二點不合情理的是：假定他抵達倫敦見到了那個外國間諜，他必須在天亮之前或在人們發現資料丟失之前把資料帶回來。他帶去了十張圖紙，而口袋裡只剩下七張，另外三張到哪兒去了？他肯定不是自願留下那三張的。還有他叛國的獎賞又在哪裡呢？在他口袋裡應該有一筆爲數不小的款項。」

「在我看來，事情已經很清楚了，」雷斯垂德說，「我敢肯定事情的經過是這樣的。他拿了設計圖去兜售，見到了那個間諜，結果在價錢上沒談攏，他又回去了，但間諜卻一直尾隨著他，並在火車上謀殺了他，把他從車廂裡拋了出去，然後拿走了圖紙最關鍵性的部分。這樣一來每一件事不是都得到解釋了嗎？」

「爲什麼他沒有車票？」

「車票會顯示出哪個車站離間諜的住處最近，所以間諜從被害人的口袋裡拿走了車票。」

「好，很好，雷斯垂德，」福爾摩斯說，「你的推論很嚴密。但這樣一來，此案就解決了。一方面，背叛者已死，另一方面，十之八九布魯斯—帕汀敦潛水艇的設計圖也已經被帶到了歐洲大陸。還需要我們做什麼呢？」

「行動，夏洛克——行動起來！」麥克洛夫特跳起來喊道，「我的第六感使我反對此種解釋。把你的才能使出來，到犯罪現場去訪問相關聯的人！把一切調查得水落石出！在你的職業生涯中，還從未有過如此難得爲國出力的機會。」

「嗯，嗯！」福爾摩斯聳了聳肩說道，「華生！雷斯垂德，勞駕你陪我們一兩個小時好嗎？我們的調查將從阿爾蓋特車站開始。麥克洛夫特，再見。我將在天黑之前向你報告，不過我先提醒你別期望太高。」

一小時之後，福爾摩斯、雷斯垂德和我站在地下鐵路上，鐵路穿過隧道與阿爾蓋特車站相會。一位彬彬有禮、面色紅潤的老紳士，代表鐵路公司接待了我們。

「這裡就是那個年輕人屍體倒臥的地方，」他指著離鐵軌大約三英尺的地方說，「不可能是從上面掉下來的，因爲，就像你們所看到的，這裡的牆都沒有門窗。因此只可能是從火車上落下來的，據我們推斷，肯定是星期一午夜前後駛過的火車。」

「檢查車廂時有發現暴力搏鬥的跡象嗎？」

「沒有，也沒有找到車票。」

「也沒有發現開著的車門？」

「沒有。」

「今天早上我們取得了一些新的證據，」雷斯垂德說，「有一位乘星期一晚上十一點四十分普通城市地鐵列車通過阿爾蓋特車站的旅客，聲稱就在列車到站前，聽見砰的一聲，就像是身體撞擊在鐵路上的聲音。然而當時大霧彌漫，看不見任何東西，他也就沒有報告此事。哎！福爾摩斯先生，你怎麼啦？」

我的朋友神情緊張地站在那裡，兩眼盯著鐵軌從隧道裡彎伸出來的地方。阿爾蓋特是個中心站，有一個路閘網。他注視著路閘，目光急切而

帶有疑問。在他機靈而警覺的臉上能看到他嘴唇緊閉，鼻翼顫動，雙眉緊鎖，我對這些表情很熟悉。

「路閘，」他喃喃自語，「路閘。」

「路閘怎麼了？什麼意思？」

「我想沿路不會有太多路閘吧？」

「不多，沒有幾處。」

「還有路軌的彎曲。路閘，彎曲，哎呀！要僅僅是這樣就好了。」

「是什麼，福爾摩斯？你發現線索了？」

「僅僅是一種想法——一種假設。但案情的確更加有趣了。獨特離奇，完全獨特離奇。爲什麼不呢？我在鐵路上看不出有任何流血的跡象。」

「幾乎沒有什麼血跡。」

「但我知道他受了很重的傷。」

「雖然骨頭摔碎了，但是外傷不嚴重。」

「應該有流血的跡象。能否讓我檢查一下那位在霧中聽見『砰』的落地聲的旅客所乘坐的那列火車？」

「恐怕不行，福爾摩斯先生。該列車已經被拆散，車廂重新配置到其他車次上去了。」

「福爾摩斯先生，」雷斯垂德說，「我向你保證，每一節車廂都已經被仔細檢查過。是我親自負責的。」

我的朋友最明顯的弱點之一，是對於那些不如他警覺，不如他智商高的人總是感到不太耐煩。

「很可能，」他轉過身說道，「在這種情況下，我想檢查的並不是車廂。華生，在這裡能做的事我們已經都做了。給你添麻煩了，雷斯垂德先生。現在我們要到烏爾威奇去調查了。」

在倫敦橋，福爾摩斯寫了一封電報給他哥哥，在發出之前他將電報遞給我看。上面寫著：

黑暗中閃現出一絲亮光，但它也有可能會熄滅。請把已知尚逗留在英國境內的全部外國間諜或國際特務，列一個名單，連同他們的詳細住址派人送到貝克街。

夏洛克

「這將有所幫助，華生，」我們坐在開往烏爾威奇的列車上時他說道，「我們要感激我的哥哥麥克洛夫特，把這樣一件非常離奇的案子交給我們辦理。」

他的表情急切而緊張，卻洋溢著充沛的活力。這表明某個新奇而富有啓發性的發現，已經打開一個令人激動的思路。比方一隻獵狐犬，平常懶洋洋地躺在窩裡時，耷拉著耳朵下垂著尾巴，但同是這隻獵犬，在跟蹤氣味強烈的獵物時卻目光炯炯，肌肉緊繃，這就是福爾摩斯從早晨到現在發生的變化。幾個小時之前他還穿著灰色睡衣在霧氣彌漫的房間裡有氣無力，百般無聊地來回踱步，現在他已經完全像換了個人。

「這裡有材料，有施展空間，」他說，「我可眞夠笨的，竟沒能一眼看出它的可能性。」

「我直到現在還是不明白。」

「我也不知道結局是什麼，不過我有一個可能使我們的工作有進展的想法。那人在別的地方送了命，而他的屍體被放在車廂的頂部。」

「在車廂的頂部！」

「是不是不尋常？但是考慮一下事實，列車駛過路閘時顚簸搖擺的地方恰好是發現屍體的地方，這難道是種巧合嗎？不正是在這樣的地方，車頂上的東西才有可能掉下來嗎？路閘是不會影響車廂內的東西的。不是屍體從車的頂部掉下來，就是出現了一個非常奇怪的巧合。現在我們考慮一下血跡的問題。鐵軌上當然不會有血跡，因爲身體裡的血已經流在別的地方了。每件事都有其自身的啓發性，如果聚集在一起看它們，效果就更大了。」

「車票也是富有啓發性的！」我喊道。

「正是如此。我們原本無法解釋車票丟失的原因，而現在，已無須解釋了，這樣一來，每件事都是相符的。」

「但就算是這樣，我們還是不知道他眞正的死因。眞的，事情沒有變簡單，反而變得更加奇怪了。」

「或許，」福爾摩斯沉思著說，「或許。」他陷入沉思之中，不再說話，一直持續到這列慢車抵達烏爾威奇車站。他在那裡喊了輛馬車，把麥克洛夫特的字條從口袋裡取出來。

「今天下午，我們有好幾個地方要訪問，」他說，「首先，我們應該拜訪詹姆斯・瓦爾特爵士。」

這位著名官員的住宅是一幢漂亮的別墅，門前一片綠油油的草地一直延伸到泰晤士河的岸邊。我們到時，霧氣正在消散，一道細微且帶有水氣的陽光穿過霧氣透射下來。我們按了門鈴後，一名管家出來開門。

「先生！詹姆斯爵士，」他神情肅穆地說，「詹姆斯爵士今天清晨去世了。」

「老天！」福爾摩斯吃驚地叫起來，「他怎麼死的？」

「也許你們願意進來見見他的弟弟法倫汀上校，先生？」

「好，我們最好見見他。」

管家把我們帶到一個光線昏暗的客廳裡。片刻之後，一個英俊高大，五十歲上下鬍鬚稀疏的男子朝我們走來，他就是那位死去的科學家的弟弟。他眼神困惑，面容不潔，頭髮蓬亂，看得出突然降臨到這家人身上的打擊有多麼沉重。他在說到此事時語音有些含混不清。

「這是一個可怕的醜聞，」他說，「我哥哥詹姆斯爵士是一個非常敏感並且注重榮譽的人，他經不住這種事，這件事令他心碎。他一直爲他管轄部門的工作效率感到驕傲，而這個事件對他來說是個致命的打擊。」

「我們本來希望他可以提供一些線索，幫助我們查清這個事件。」

「我向你們擔保，就像你我大家一樣，這件事對他來說也完全是一個謎。他已經把他所知道的一切情況報告給警方了。自然，他對卡朵甘·韋斯特有罪是深信不疑的。可是，其他的一切太不可思議了。」

「你沒有對這件事做出什麼新的解釋嗎？」

「除了從報紙上讀到的和聽說的之外，我本人什麼都不知道。我不想失禮，福爾摩斯先生，但我不得不請你們儘快結束訪問，因爲你知道目前我們非常紛亂。」

「眞沒料到事態的發展會是這樣，」我們重新坐上馬車時我的朋友說道，「我不知道這可憐的老人是自然死亡還是自殺？如果是後者，可以把這看作是對自己失職的自責嗎？我們以後再考慮這個問題。咱們現在應該去找卡朵甘·韋斯特家。」

死者的母親住在郊區的一所房子裡，房子不大，但維護得良好。由於過於悲痛，這位老太太已經神志不清了，無法對我們有所幫助。但在她身邊有一位面容蒼白的年輕女士，自我介紹說是死者的未婚妻維奧蕾特·韋思特伯莉小姐，她就是他死去的那天晚上最後見到他的人。

「我說不出個所以然來，福爾摩斯先生，」她說，「自從悲劇發生後我就沒有合過眼，我一直在想呀，想呀，白天黑夜地想這到底是怎麼回事。亞瑟是世上最單純、最俠義、最有愛國精神的人。他寧願砍掉自己的右手也不會出賣委託給他保管的國家機密的。這太荒唐了，不可能，沒有道理，瞭解他的人都會這樣認爲。」

「但是事實呢，韋斯特伯莉小姐？」

「沒錯，我承認我不能解釋它們。」

「他缺錢花嗎？」

「不缺，他的生活需求很簡單，而且薪水豐厚，他已經存了幾百英鎊，並且我們打算在新年結婚。」

「沒有發現他受過精神刺激的現象嗎？說吧，韋斯特伯莉小姐，對我們完全說實話吧。」

我的同伴已經敏銳地捕捉到她態度的變化。她變了臉色，猶豫不決。

「是的，」她最後說道，「我那段時間感到他心裡有事。」

「時間長嗎？」

「大約就是在上個星期前後。他焦慮不安，心事重重。有一次在我的追問下，他也承認是和他的工作相關聯的事。『這事太嚴重了，所以即使是妳我也不能說。』他當時是這麼說的。我沒有從他那裡問出什麼來。」

福爾摩斯看上去面色沉重。

「繼續往下說，韋斯特伯莉小姐，即使說出來可能對他不利也要說下去。我們也不知道會造成何種後果。」

「眞的，我已無話可說了。他有一兩次似乎有什麼話要告訴我。一天晚上，他談到了那個秘密的重要性，我還記得他說過外國間諜肯定會花大錢來買的。」

我朋友的臉色變得更陰沉了。

「沒有別的情況了？」

「他說我們管理很鬆懈——叛國者很容易就能夠獲得這些設計。」

「他是最近才說這番話的嗎？」

「是的，就在不久前。」

「現在告訴我們最後那晚發生的事吧。」

「我們當時是要去劇院的。霧太大了，連馬車也無法乘坐。我們只好步行，走到辦公室附近時，他突然閃進霧裡去了。」

「他當時沒說什麼嗎？」

「他驚叫了一聲，就連影兒也不見了。我等著他，但他再也沒有回來，後來我就回家了。第二天早上辦公室開門後，他們就過來查問了。我在十二點左右得知了可怕的消息。噢，福爾摩斯先生，你要是能夠、能夠挽回他的名譽該多好呀！他是如此看重名譽。」

福爾摩斯沉重地搖搖頭。

「華生，走吧，」他說，「我們到別的地方看看，下一個目標是設計圖失竊的辦公室。」

「目前的情況對這個年輕人已經夠不利的了，我們的詢問更加重了這種印象。」當馬車開始緩緩走動時他說道，「他即將舉行的婚禮是一個明顯的犯罪動機，他自然缺錢。既然他說了這些話，肯定心裡也想到了這些事。他將他的打算告訴了她，幾乎使她成了叛國的同謀，眞是不妙啊。」

「但是，福爾摩斯，性格肯定也能說明些情況吧？再說，爲什麼他要把姑娘丟在街上，而自己跑去犯罪呢？」

「對極了！確實有些說不通，但他們遇到的是個難題。」

高級職員西得尼·詹森先生在辦公室會見我們，他的態度謙和恭敬，我同伴的名片總能帶來這種尊重。他是個中年人，身材削瘦，語氣生硬，有斑點的臉顯得憔悴，雙手因緊張一直在抖動著。

「糟透了，福爾摩斯先生，眞是糟透了！你聽說主管人去世了嗎？」

「我們剛從他家裡過來。」

「主管人去世了，卡朵甘·韋斯特死了，圖紙也被偷走了，這裡亂成一團。但是星期一晚上我們關門的時候，還和政府部門的任何一個辦公室一樣井然有序呢。天啊，想想眞可怕！在這些人當中，韋斯特竟然做出了這種事！」

「那麼你肯定他有罪嗎？」

「我想不出他能逃避罪責的理由。我原本像信任我自己一樣信任他。」

「星期一辦公室幾點鐘關門的？」

「五點。」

「是你關的嗎？」

「我總是最後一個出來的人。」

「當時圖紙放在哪裡？」

「那個保險櫃裡，我親手把它們放進去的。」

「沒有人看守這屋子嗎？」

「有，不過另外幾個部門也是由他看守。一個非常值得信賴的老兵。他那天晚上並沒有發現什麼異常情況，當然霧還是很大的。」

「假定卡朵甘．韋斯特企圖在下班以後偷偷摸進屋來，在他拿到圖紙之前，他需要三把鑰匙，不是嗎？」

「是的，他會需要三把鑰匙，一把外屋門，一把辦公室及一把保險櫃鑰匙。」

「只有詹姆斯．瓦爾特爵士和你才有那些鑰匙嗎？」
「我沒有門的鑰匙——只有保險櫃的鑰匙。」
「詹姆斯爵士工作上有條理嗎？」
「是的，我認為是這樣。我知道就這三把鑰匙而言，他是把它們繫在同一個環上的。我經常看見鑰匙繫在那裡。」
「他是帶著這個鑰匙環去倫敦的嗎？」
「他是這樣說的。」
「你從來沒有讓鑰匙離過手？」
「沒有。」
「那麼如果韋斯特是嫌疑犯，他一定有一把另外配製的鑰匙。但是並沒有在他的屍體上找到任何鑰匙。另外一點：如果辦公室裡的某名職員打算出賣那些設計，把圖紙複製一份不是比拿走原件更簡單嗎？」
「只有具備相當的技術知識才能夠有效地複製圖紙。」
「但我認為不論是詹姆斯爵士，你，還是韋斯特，都懂得這種技術知識吧？」
「毫無疑問我們都懂。可是我請你別把我牽扯進去，福爾摩斯先生。既然已經在韋斯特身上發現了設計圖原件，我們的臆測又有什麼用？」

「嗯，奇怪的是，如果他能夠安全地進行複製後，拿走複印件同樣可以達到目的，爲什麼卻要冒險偷走原件呢？」

「無疑是奇怪——可是他卻這樣做了。」

「對這一案件的每一次查詢總會顯示一些無法解釋的情況。現在仍然有三份圖紙沒有下落。據我所知，那幾份圖紙最爲重要。」

「是的，是這樣。」

「你的意思是說，只要擁有了這三份圖紙，任何人都可以在沒有另外七份的情況下建造一艘布魯斯—帕汀敦潛水艇嗎？」

「我已向海軍部報告了這一點。不過今天我把圖紙設計又看了一下，我也不能肯定這一點。已經找回的一張設計圖上畫著雙閥門自動調節孔的圖樣。除非外國人已經發明出這種閥門，否則他們是造不出潛艇的。當然他們可能很快就會克服這種困難。」

「但是三份丟失的圖紙是不是最重要的？」

「毫無疑問是的。」

「如果你允許的話，現在我要在這房子裡看看。我現在想不出還有什麼問題要問了。」

他對保險櫃、屋門以及百葉窗進行了檢查。直到我們來到外面的草地上時，他的濃厚興趣才又被激起。窗外有一欉月桂樹，有幾根樹枝有被攀折過的痕跡。他仔細地用放大鏡檢查了它們，然後又檢查了樹底下幾個模糊不清的記號。最後，他要求那位高級職員關上百葉窗，他向我指出百葉窗的中間關不緊，在窗外有可能看得見室內發生的事。

「這些痕跡因三天的耽誤被破壞了，它們有可能意味著什麼，也可能什麼也沒有。好吧，華生，烏爾威奇不能提供給我們更多的幫助了。我們有一點小收穫，看看在倫敦收穫能否會更大一點。」

但在我們離開烏爾威奇車站之前又獲得一個小收穫，售票員肯定地說他看見過卡朵甘．韋斯特——他很容易認出他——星期一夜晚，他去倫敦坐的是八點一刻開往倫敦橋的那班列車。他一個人，買的是三等單程車票。當時售票員對他緊張不安的舉止感到詫異，他抖得很厲害，以至於都拿不起來找給他的錢，最後還是售票員幫他一把。列車時間表顯示八點一刻這趟車是韋斯特在七點半鐘左右離開那個姑娘之後可能乘坐的第一趟列車。

「我們來重新設想一下，華生，」福爾摩斯沉默了半小時之後說道，「在我們兩人聯手進行偵查的案件中，我想不起還有什麼比這更難破的案子。我們每向前走一步，都會遇見一個新的障礙。但我們也的確已取得了一些可觀的進展。

「我們在烏爾威奇進行查詢的大部分結果都對年輕的卡朵甘·韋斯特不利，但窗外的痕跡將會導致一個比較有利於他的假設。例如我們假定某個外國間諜跟他聯繫過。做這件事時可能發過誓阻止他不能說出去，但還是影響了他的思想，這一點從他對未婚妻說過的話就顯示出來了。很好，我們現在假設他和這位年輕姑娘一起去劇院時，突然在霧中瞥見那個間諜朝著辦公室的方向走去。他性情急躁，做事果斷，責任使他不顧一切了，他跟著那人到了窗前，看見有人在偷文件就去追趕竊賊。這樣，我們就克服了只要可以複製這些資料的話，沒有人會拿走原件的這一疑點，這個外來人不得不偷走原件。到目前爲止這都說得通。」

「下一步是什麼呢？」

「然後我們就遇到難題了。人們會認爲在這種情況下年輕的卡朵甘·韋斯特要做的第一件事就是去抓住那個壞人並且拉響警報器。他爲什麼沒有這樣做呢？有沒有可能是一名上級官員拿資料？這就可以解釋韋斯特的舉動了。假定韋斯特知道他的住址，會不會這位負責人在霧中擺脫了韋斯特，韋斯特立刻趕去倫敦到他的住處去攔截他？既然他讓未婚妻一直站在霧裡，沒有工夫對她講發生的事情，肯定當時情況很緊急。到這裡線索就沒有了。從假設到口袋裡裝有七份圖紙被放在地鐵火車頂部的韋斯特的屍體，這兩者之間還有很大的空白。憑現在的直覺，我認爲應該從另一頭著手。如果麥克洛夫特給了我們地址清單，也許我們能夠從中找出我們想要找的人，這樣就可以有兩條道路了。」

眞有一封政府信差緊急送來的信在貝克街等候著我們。福爾摩斯掃了一眼後把信扔給了我。

無名鼠輩很多，堪當如此大任者則寥寥無幾。值得注意的幾個人是：住在威斯敏斯特喬治大街十三號的阿道爾夫．梅耶；住在諾丁希爾，坎普敦大廈的路易士．拉羅塞；住在肯辛頓，考菲爾德花園十三號的雨果．奧伯斯坦。據說後者星期一尚在城裡，現已離開。很高興你已發現一些頭緒，內閣正急切地等待著你最後的報告。最高當局的急件已到。如果需要的話，全國警力都會給予你支援。

麥克洛夫特

福爾摩斯面帶微笑說道，「恐怕在這案件中，出動女王全部的人馬也沒用。」他攤開一張大大的倫敦地圖，急切地俯身去查看。「好了，好了，」他不久就滿意地喊了起來，「事情終於朝對我們有利的方向發展了。嗯，華生，我一直堅信我們最終會成功的。」他拍拍我的肩，突然間變得高興起來，「現在我要出去，但只是去做一下偵查。如果沒有我信賴的夥伴兼傳記作者伴隨左右，我不會去做任何冒險的事情的。你待在這兒，也許在一兩個小時之後你就能再見到我。如果時間推遲的話，你就拿出紙筆來，開始描述我們是如何拯救國家的吧。」

他興高采烈的情緒也感染了我，因爲我很清楚除非的確有值得高興的原因，一向舉止嚴肅的他是不會反常到這種程度的。在這十一月的漫長黃昏中我都在焦急地等待他歸來。終於在剛過九點鐘時，信差送來一張便條：

我正在肯辛頓，格勞塞斯特路，哥德迪尼飯店吃飯。請立即帶鐵撬、提燈、鑿刀、手槍等器具趕來。

夏・福

對於一個受人尊敬的公民來說，帶著這些東西在暮色籠罩下、霧濛濛的街道上招搖過市眞是一次奇妙的經歷。我小心翼翼地把傢伙們塞在大衣內，驅車直奔約定的地址。我的朋友正坐在這家豪華的義大利飯店門口的一張小圓桌旁。

「你吃過沒有？和我喝杯咖啡和柑桔酒吧，再品嘗一下飯店主人的雪茄。這種雪茄沒有人們想像的那樣有害。工具帶來了嗎？」

「在這裡，我的大衣裡。」

「太好了。我把我所做過的事，以及我們將要做什麼跟你簡單說一下，華生，你應該很清楚，那個年輕人的屍體是被放在車頂上的。自從我肯定了這個事實，即屍體是從車頂上而不是從車廂裡摔下去的那一刻起，這就再明白不過了。」

「難道不可能是從橋上掉下去的嗎？」

「應該不可能。如果你檢查一下車的頂部，你將發現車的頂部有點凸起，並且四周沒有欄杆。因而我們可以肯定說卡朵甘·韋斯特是被放上去的。」

「怎麼放在那兒呢？」

「這就是我們所要解決的問題。只有一種可能的方式。你知道地鐵在西端有幾處是沒有隧道的。我依稀記得有一次我坐地鐵，偶然看見窗戶就在我的頭頂上方。現在假定一列火車在這樣的窗戶下面停下來，把屍體放到列車頂部還會有任何困難嗎？」

「好像不太可能。」

「我們不得不依照那句老諺語，即任何別的可能性都不再存在時，不管剩下的是什麼，不管它有多麼不可思議，它肯定是眞的。現在已不再存在其他的可能性。當我發現那個剛離開倫敦的頭號國際間諜就住在靠近地鐵上方的一排房屋裡時，我高興極了，以至於你對我突然的輕浮舉止都感到有些驚訝了。」

「噢，是這樣嗎？」

「一點也沒錯。住在考菲爾德花園十三號的雨果·奧伯斯坦先生已經成爲我的目標，我已在格勞塞斯特路車站開始了行動。該站有一位職員大力幫助我，陪著我沿著鐵軌走了一段，使我不僅知道了考菲爾德花園的後窗是朝著鐵路開的，而且知道了更爲重要的事實，即那個地方是一條主幹線的交叉點，列車經常在那裡停留上幾分鐘。」

「太妙了，福爾摩斯！你已弄清楚了！」

「到目前爲止——只是到目前爲止，華生，雖然我們有進展了，但是距離目標還是很遠。哦，在看過考菲爾德花園的後部之後，我又來到了前面，知道鳥兒確實已經飛走了。這是一座大房子，據我判斷，上面一層的房間裡沒有傢俱。他和一個隨從，可能是他的心腹同夥一起住在那裡。我們必須記住奥伯斯坦去歐洲大陸是處理贓物去了，而不是他想逃跑，因爲他沒有理由害怕被逮捕，他也從來不會料到有人會對他的住宅進行非官方搜查。但這正好就是我們將要做的事。」

「我們難道不能獲得一張搜查令，使行動合法化嗎？」

「目前的證據還不足以使我們申請到一張搜查令。」

「我們希望得到什麼呢？」

「不知道他房屋裡有沒有什麼信件。」

「福爾摩斯，我不喜歡這樣做。」

「老兄，你將在街上把風，違法的事我去幹。現在不是拘小節的時候，想一想麥克洛夫特，想一想海軍部、內閣以及那些在等待消息的重要人士吧，我們是非去不可的。」

我從桌邊站了起來作爲回答。

「你是對的，福爾摩斯，我們是非去不可了。」

他跳起來和我握手。

「我知道你最終是不會退縮的。」他說。此刻，我在他的眼裡看見了近乎溫柔的目光，是我以前從沒見過的。片刻之後，他又恢復了原來威嚴、實際的樣子。

「將近半英里路，但不用著急。我們走路去，」他說，「你可別弄掉了工具，不然把你當作嫌疑犯逮捕起來，將是非常不幸的禍事。」

考菲爾德花園是那些位於倫敦西區，帶有扁平柱子和門廊的維多利亞中期出色的建築之一。隔壁一家好像正在舉行兒童聚會，夜色中傳來孩子們快樂的喧鬧聲和叮咚的鋼琴聲。周圍霧色依舊，把我們遮蔽在它那友好的陰影裡。福爾摩斯點亮了提燈，讓燈光照在那扇厚實的大門上。

「這是一件嚴重的違法行爲，」他說，「門鎖上了並且上了門閂。我們最好到地下室前的空地上去。萬一有過分熱心的員警闖進來，那邊有一個極好的拱道。華生，我們互相幫一把。」

片刻後，我們來到了地下室前的空地。我們剛走進昏暗的陰影中，就聽見上邊的霧中傳來員警的腳步聲。輕快的腳步聲消失後，福爾摩斯開始弄地下室的門。只見他彎下腰使勁一撬，隨著一聲刺耳的俫嚓聲，門開了。然後我們跳進了黑漆漆的走廊，把門又關上了。福爾摩斯在前面引路，走上沒有鋪地毯的彎彎曲曲的樓梯。他那盞燈發出的黃光，照射在一扇低矮的窗上。

「我們到了，華生——肯定是這一扇。」他推開窗子，此時傳來了低沉刺耳的聲音，隨著一列火車在黑暗中飛馳而過，這種聲音逐漸變成了隆隆的巨響。福爾摩斯舉燈朝著窗臺照去。來往火車留下的厚厚一層煤灰積滿了窗臺，但有幾處黑色的煤灰表面已被磨擦掉了。

「你能夠看見他們放屍體的地方了吧。喂，華生！這是什麼？毫無疑問是血跡。」他指著窗框上一片已褪色，不明顯的痕跡說道，「樓梯石階上也有。已經有了完全的證據。我們待在這兒等著一列火車停下來吧。」

沒有等多久，一趟列車像以往一樣穿過隧道呼嘯而來，但到了隧道盡頭處速度慢了下來，然後隨著吱吱的車聲正好停在我們的下方。窗臺離車廂的頂部不到四英尺。福爾摩斯輕輕地把窗戶關上了。

「到現在爲止我們的推斷都被證實是正確的，」他說，「你怎麼認爲，華生？」

「一件傑作，你以前還從不曾有過如此了不起的成就。」

「我不同意這一點。自從我有了屍體是放在車頂的這一想法之後，當然這一點並不太難推斷，剩下的一切就都是不可避免的了。如果不是因爲牽涉到了重大的利益，這一點意義也不大。還有困難在我們面前，但或許我們可以在這兒找到一些可能對我們有用的東西。」

我們上了廚房的樓梯走進二樓的房間。第一間是陳設極其簡樸的餐廳，沒有任何引人注目的東西。第二間是臥室，裡面也沒什麼。剩下的一間似乎還有些希望，我的同伴開始著手對它進行系統的檢查。室內書籍和報紙零亂，顯然是書房。福爾摩斯迅速而有序地一個抽屜接一個抽屜，一個櫥子接一個櫥子地進行翻查，但是成功的希望不大，他嚴峻的面容始終繃得緊緊的。一個小時之後，他的工作沒有任何進展。

「這隻狡猾的狗把他的蹤跡掩蓋起來了，」他說，「沒有留下任何可以給他定罪的東西。那些要緊的信件不是被銷毀了，就是被轉移了。這是我們最後的機會了。」

書桌上有一個放現金的小錫匣子。福爾摩斯用鑿刀把它撬開了。有幾卷紙在裡面，上面是些圖案和計算，看不清畫的是什麼。反覆出現的諸如「水壓」、「壓強」等字詞顯示這可能同潛水艇有些關係。福爾摩斯不耐煩地將它們全扔在一旁。匣子裡只剩下裝有幾張報紙碎片的一個信封。他把它們抖落在桌子上。我立刻從他那急切的面容上看出他又有了希望。

「這是什麼，華生？這是什麼？一系列報紙上登載的廣告資訊的記錄。根據印刷和紙張判斷，是《每日電訊報》尋人廣告欄，位於報紙右上角。沒有日期——但是資訊本身有編排。這一定是頭一篇：盼望儘快有消息。同意條件。按名片上地址詳細告知。皮羅特。

「下一則是：太複雜，非語言描述能夠明白。必須作完整性的報告。交貨時付給東西。皮羅特。

「緊接著是：情況緊急。除非合同已被完成，必須收回出價。希望通過信函約定，將通過廣告確認。皮羅特。

「最後一則：星期一晚九點以後。敲門兩下。只有我們自己。不必猶疑。一手交貨，一手交錢。皮羅特。

「一個相當完整的記載，華生！要是我們能從另一端找到這個人就好了！」他坐在那裡，手指敲著桌子，陷入了沉思。最後他跳了起來。

「哦，也許終究並不是那麼難。在這兒無事可做了，華生。我想我們可以驅車去《每日電訊報》辦公室，在他們的幫助下結束我們一整天的工作吧。」

第二天早飯後，麥克洛夫特．福爾摩斯和雷斯垂德按約到來，夏洛克．福爾摩斯給他們講述了我們前一天的行動。這位專業人士在聽了我們毫不遮掩的夜盜行爲之後大搖其頭。

「員警是不能做這些事的，福爾摩斯先生，」他說，「怪不得你取得了我們無法取得的成績呢。不過這些日子你們的舉動太過火，你和你的朋友將會遇到麻煩的。」

「爲了英國，爲了家，爲了美好的事物——嗯，華生？我們願意成爲國家祭壇上的烈士。你怎樣認爲呢，麥克洛夫特？」

「太好了，夏洛克！令人欽佩！可你將如何利用它呢？」
福爾摩斯把桌上的《每日電訊報》拿了起來。
「你看見今天皮羅特的廣告了嗎？」
「什麼？還有廣告？」
「是的，在這兒：今晚，老時間老地點。敲兩下。極為重要。你處境危險。皮羅特。」
「老天！」雷斯垂德喊道，「如果他有回音，我們就能逮住他了！」
「開始我也有這種想法。如果二位在八點鐘左右方便跟我們一起到考菲爾德花園去一趟的話，問題可能會得到進一步的解決。」
夏洛克．福爾摩斯最爲優秀的特點之一就是，只要他相信工作沒有成效的時候，他就有能力使自己的腦子從行動中解脫出去，而把一切心思都轉移到較爲輕鬆的事情上去。我記得在那值得記憶的一整天裡，他全心全意地撰寫關於拉蘇斯的和音讚美詩的專論。我沒有那種超脫的能力，因此那一天對我來說顯得無比的漫長。這個問題是國家大事，最高當局的焦慮，我們將要進行的實驗的直接後果——混在一起刺激著我的神經。直到一頓輕鬆的晚餐後我們出發去探險時我才放鬆下來。雷斯垂德和麥克洛夫特按約在格勞塞斯特路，車站外面和我們碰了頭。在頭天晚上奧伯斯坦地下室的門已經被我們撬開，但由於麥克洛夫特．福爾摩斯堅決拒絕爬欄杆，我只好進去把大廳正門打開。到九點鐘時，我們都已坐在書房裡耐心地等待著我們的客人了。

一個小時過去了，又一個小時過去了。十一點鐘敲響了，教堂那座大鐘有節奏的敲擊聲似乎正在爲我們的希望唱著輓歌。雷斯垂德和麥克洛夫特坐在座位上焦慮不安，一分鐘看兩次手錶。福爾摩斯坐在那裡，安靜而沉著，半閉著眼睛，但每一根神經都處於警惕之中。他猛然抬起了頭。

「他來了。」他說。

門前走過偷偷摸摸的腳步聲，現在又走回來了。我們聽見外面慢慢移動腳步的聲音，然後是兩聲門環敲在門上的刺耳聲音。福爾摩斯站起身，打手勢讓我們坐在原處別動。大廳裡的煤氣燈只有一點光。他打開外門，然後當一個黑影從他身旁溜過時，他又關上門並且上了門閂。「這邊走！」我們聽見他說，一會兒，我們等的人站在我們面前。福爾摩斯一直緊跟著他，當這人驚叫一聲轉身要跑時，福爾摩斯一把抓住他的衣領，把他又推到了屋內。在這人從驚慌中恢復過來之前門已被關上，福爾摩斯背靠著門站著。此人瞪大了雙眼四下張望，然後慢慢的倒在地上失去了知覺。慌亂之中，他的

寬邊帽從頭上掉了下來，領結從他嘴邊滑開，法倫汀．瓦爾特上校，長長的稀疏鬍子和清秀溫柔的面龐露了出來。

福爾摩斯發出了一聲驚訝的噓聲。

「你們可以把我寫成一隻蠢驢，華生，」他說，「這可不是我要找的那個傢伙。」

「他是誰？」麥克洛夫特急切地問。

「已故詹姆斯．瓦爾特爵士的弟弟、潛水艇局局長。是的，我看見底牌了，他將會來的，我認爲你們最好讓我來盤問他。」

我們把俯臥在地上的人抬到了沙發上。現在我們的俘虜坐著，驚恐地四處張望，用手摸了摸額頭，好像一個不能相信自己知覺的人。

「怎麼了？」他問道，「我來這兒是拜訪奧伯斯坦先生的。」

「我們都知道了，瓦爾特上校，」福爾摩斯說，「我眞不能相信，一位英國紳士竟然做出這種行爲。你同奧伯斯坦的交往和關係我們都已經知道了，我們也知道了有關年輕的卡朵甘．韋斯特死亡的情況。我勸告你至少保持一點我們對你的信任，老實的坦白和悔過，因爲仍然有一些細節只能從你口中才能獲得。」

這個人呻吟著，把臉埋入雙手之中。我們等著，但他什麼也不說。

「我向你保證，」福爾摩斯說，「我們已查清了每一個關鍵情節，我們知道你急需要錢，你仿造了你哥哥掌管的鑰匙，你與奥伯斯坦通了信，而他則通過《每日電訊報》的廣告欄給你回信。我們知道你是星期一晚上在霧中走到辦公室去的，可是你卻被年輕的卡朵甘．韋斯特發現和跟蹤了，或許他以前就對你有所懷疑。他看見你的盜竊行爲，但他不能拉響警報器，因爲有可能你是把圖紙拿給你在倫敦的哥哥。就像一個好公民應做的那樣，他置個人的私事於不顧，在霧中緊跟著你，一直跟到了這個房子。在這裡，他阻撓了你的行爲，然後，瓦爾特上校，在叛國罪之上你又添加了更爲可怕的謀殺之罪。」

「我沒有！我沒有！我向上帝發誓，我沒有！」這個悲慘可憐的罪犯喊道。

「那麼告訴我們，在你們把卡朵甘．韋斯特放到車廂頂部之前，他是怎麼送了命的？」

「我會說的。我向你們發誓，我會說的。我幹了其餘的事，我坦白這一點。就像你剛才所說的，我急需錢用，我得還股票交易所的債。奥伯斯坦給了我五千塊，使我免遭災害。但說到謀殺，我和你們一樣是清白無辜的。」

「然後發生了什麼呢？」

「韋斯特以前就對我有了懷疑，他就像你所講述的那樣跟著我。我一直沒有察覺，直到我到了這個門旁。霧很濃重，看不見三碼以外的任何東西。我敲了兩下門，奥伯斯坦來開了門。韋斯特急衝過來問我們要把這些資料怎麼樣。奥伯斯坦有一件短小的護身武器，他總是隨身帶著它。當韋斯特強跟著我們進到屋裡來時，奥伯斯坦朝他的頭部擊去。這是致命的一擊。他在五分鐘之內就死了。他躺在那邊的大廳裡，我們不知所措。奧伯斯坦想到了停在後窗下面的列車。但他先查看了我帶來的圖紙。他說關鍵的有三份，並且要保留它們。我說，『你不能保留它們，如果不送回它們的話，烏爾威奇會亂成一團。』『我必須保留它們，』他說，『因爲它們的技術如此複雜，不可能馬上複製。』我說，『那麼今晚必須全部送回去。』他想了一會兒後，喊到他有主意了。『我只拿走這三份，』他說，『我們把其餘的塞到這個年輕人的口袋裡。別人發現他時，肯定會歸罪到他身上。』我也想不出別的辦法來，就按照他的建議做了。我們在窗前等了半個小時才有一輛列車停下來。由於霧很大，看不見任何東西，我們很容易就把韋斯特的屍體放到了車上。就我來說，事情就這樣。」

「那你哥哥呢？」

「他什麼也沒說。但有一次他看見我拿他的鑰匙。我想他對我有了懷疑。從他眼神裡我看出了這一點。你知道他再也沒有抬起頭過。」

房間裡一片寂靜。麥克洛夫特・福爾摩斯最終打破了這寂靜。

「你不想將功贖罪嗎？這樣可以減輕你良

心的譴責，也許還可以減輕對你的懲罰。」
「我怎樣才能將功贖罪呢？」
「奧伯斯坦拿著資料到哪兒去了？」
「不知道。」
「他沒有留地址給你？」
「他說把信寄到巴黎洛雷飯店，他最終就可以收到。」
「那麼，想不想將功贖罪，就全取決於你了。」福爾摩斯說。
「我願意做我能做到的一切事情。我對這個傢伙一點好感都沒有，他給我帶來了毀滅，使我身敗名裂。」
「這是筆和紙，坐在桌邊，按我說的寫。把地址寫在信封上。對，現在寫信：

尊敬的先生：

有關我們的交易，現在你無疑已經注意到還缺一份重要的局部圖紙。我有一份能夠讓它完整的複印件。然而這給我造成了更多的麻煩，因而我必須再向你要五百鎊。我既不信任郵局，也不要除了黃金或英鎊之外的任何別的東西。我本可以到國外找你，但現在離開會令人懷疑。因此，我希望我們星期六中午在查林十字飯店吸菸室相見。記住只帶英鎊或黃金。

這會很管用的。如果還抓不住我們所要的人，那才見鬼呢。」

的確很管用！這是歷史性的事件——一個國家的秘密歷史，這種歷史比國家公開性的編年史要生動有趣的多——奧伯斯坦急於完成他一生中最大的一筆生意，入了圈套被當場抓獲，在英國監獄裡度過了十五年。在他的皮箱裡發現了價值連城的布魯斯—帕汀敦計畫，他曾打算在歐洲各海軍中心公開拍賣這些計畫。

瓦爾特上校在判決宣佈後的第二年底死於獄中。至於福爾摩斯，他又抖擻精神，繼續研究拉蘇斯的和音讚美詩了，該專論出版後在小圈子裡流傳，並且有專家評價說它是這個領域的權威作品。幾個星期後，我偶然聽說我的朋友在溫莎待了一天，從那裡回來時，帶了一枚非常漂亮的綠寶石領帶別針。當我問他是不是買的，他說是某位他曾有幸幫過一個小忙的貴婦送給他的禮物。他沒再說什麼，但是我想我能夠猜到這位貴婦的尊姓大名，並且無疑這枚綠寶石別針將永遠使我的朋友回想起布魯斯—帕汀敦計畫的冒險經歷。

第五篇　奄奄一息的偵探

夏洛克．福爾摩斯的女房東赫德森太太，長期以來吃了不少苦頭。因爲成天有些怪裡怪氣、不受人歡迎的人「光臨」她的二樓，就連她那位著名的房客，生活也是怪癖而且沒有規律，這大概使她的耐心大受考驗。他邋遢得令人難以置信，又喜歡在不合時宜的時候聽音樂，不時地在室內練習槍法，或者做些古怪的、時常發出惡臭的實驗。他身上的這些暴力和危險傾向使他成爲全倫敦最糟糕的房客。可是，他出的房租卻很高。毫無疑問，我和福爾摩斯在一起住的那幾年，他所付的租金足以買下這座住宅了。

房東太太對他心存敬畏，不論他的舉動多麼令人生厭，從來都不敢去干涉他。況且，她喜歡他，因爲他對待女性總是彬彬有禮，殷勤周到。可他又討厭女性，懷疑女性，完全沒有騎士精神。由於我知道她對他情眞意切，所以在我婚後第二年，當房東太太來到我家向我傾訴我那可憐的朋友的悲慘情境時，我就認眞地聽她講。

「他快不行了，華生醫生，」她說，「他已經重病三天了，我恐怕他挨不過今天了。他不讓我請醫生。今兒早上我看他兩邊的顴骨都凸出來了，兩隻紅紅的眼睛瞧著我，我再也受不了啦。

『你肯也罷，不肯也罷，福爾摩斯先生，我這就去叫醫生來。』我說。『那就請華生來吧。』他說。我就不浪費口舌了，先生，他現在還有一口氣，再晚了你就見不到他了。」

我吃了一驚，因爲我沒聽說他生病的事兒。我趕忙抓過大衣和帽子和她匆匆出了門。一路上，我叫她把詳細情況都告訴我。

「我也沒什麼好說的，先生。他一直在羅塞海特研究一種什麼病，就在河邊的一條小巷裡。他回來的時候，把這病也帶了回來。自從星期三下午躺到床上後，就一直沒有起來過。不吃不喝，已經三天了。」

「天哪！妳怎麼不請醫生？」

「他不肯，先生。他那個蠻橫勁兒，你是知道的。我不敢不聽他的。他挨不了多久了。你一看到他，就會明白的。」

他的樣子確實可憐。在這霧氣重重的十一月，小小的病房裡光線昏暗，顯得陰沉沉的。但眞正使我直打寒戰的，是病床上那張望著我，憔悴而乾癟的臉。因爲發燒，他的眼睛充血，兩頰緋紅，嘴唇上結了一層黑痂；兩隻乾枯的手在床單上不停地抽搐，聲音嘶啞又急切。我走進屋時，他奄奄一息地躺著。一見到我，眼裡立刻露出認出了我的神色。

「唉，華生，看來我是倒了大楣了。」他聲音微弱，但還是帶著以往滿不在乎的口氣。

「老夥計！」我喊著，向他走去。

「別靠近我！千萬別靠近我！」他喊道，那種緊張的神態只能使我聯想到有什麼危險的事情要發生，「你要是走近我，華生，我就命令你出去。」

「怎麼回事？」

「怎麼回事？因爲我想這樣，就這麼回事。」

赫德森太太說得沒錯，他比以往任何時候都更加蠻橫。可是看他奄奄一息的樣子，又著實讓人同情。

「我只是想幫助你。」我解釋道。

「那就好，按我說的做，對我再好不過了。」

「好吧，福爾摩斯。」

他那嚴厲的態度緩和了。

「你沒生氣吧？」他喘著氣問我。

可憐的人哪，看到他躺在床上這麼受罪，我怎麼會生氣呢？

「這樣做是爲你好，華生。」他聲音嘶啞地說道。

「爲我好？」

「我清楚自己是怎麼回事。我得了從蘇門答臘傳來的一種病。這種病，荷蘭人比我們要瞭解得多，但是他們至今也束手無策。可有一點是肯定的，這是一種致命的病，非常容易傳染。」

他現在趁著高燒，講起話時來了勁兒。兩隻大手一邊抽搐一邊揮動著叫我走開。

「接觸會傳染的，華生——對，別碰我。你站遠些就沒事了。」

「天哪，福爾摩斯！你以爲這樣說就能攔住我嗎？即使是不認識的人也攔不了我。你以爲這樣就可以叫我對我的老朋友棄而不顧嗎？」

我又往前走去，但是他喝住了我，顯然是發火了。

「如果你站在那兒，我就跟你談談。否則，你就離開這房間。」

我對福爾摩斯的崇高品性極爲尊重，總是聽他的話，哪怕有時我並不理解。可是，現在我的職業本能激發了我。別的事，我可以聽他的，可在這病房裡，得我說了算。

「福爾摩斯，」我說，「你生了病。病人得像孩子一樣聽話。我來替你看病，不管你願意不願意，我都要看看你的病情，對症下藥。」

他狠狠地盯著我。

「如果我非要請醫生不可，那至少也得請我信得過的人。」他說。

「這麼說，你信不過我？」

「你的友情，我當然信得過。但是，事實總歸是事實，華生，你到底只是一名普通的醫師，經驗不多，不太夠格。說這些眞讓人難受，可是你逼得我非把它說出來不可。」

這話深深地刺傷了我。

「你這麼說可不對，福爾摩斯。你說的話明顯地表明你狀態不佳。你要是信不過我，我也不勉強。我去請傑斯帕·米克爵士或者彭羅斯·費舍爾，或者倫敦其他最好的醫生。總之，得有個醫生。如果你認爲，我會站在這兒袖手旁觀，見死不救，也不去請別的醫生來救你，那你就把你的老朋友看錯啦。」

「你的好意我心領了，華生。」病人說，像是嗚咽，又像呻吟。

「難道要我來指出你自己的無知嗎？我說，你知道答巴奴裏熱病嗎？你知道黑福摩沙敗血症嗎？」

「我沒有聽說過這兩種病。」

「華生，在東方，有許多疾病問題，有許多奇怪的病理學現象。」他說一句，停一下，以積聚他那微弱的力氣。「我最近作過一些有關醫學犯罪方面的研究，從中學到不少東西。我的病就是在進行研究的過程中得的。你是無能爲力的。」

「也許吧。不過，我碰巧知道愛因斯特裏博士目前就在倫敦。他是現在還健在的最權威的熱病專家。不要再拒絕啦，福爾摩斯。我這就去請他來。」我毅然轉身向門口走去。

我從來都沒有這麼吃驚過！本來奄奄一息的病人突然像隻老虎一樣從床上一躍而起，攔住了我。我聽見鑰匙在鎖孔裡倈嗒一聲。然後，病人又搖搖晃晃地回到床上。他經過這一番折騰，精疲力竭，氣喘吁吁。

「你不會硬把鑰匙從我手裡奪去吧，華生，乖乖地聽我的話，夥計。我不讓你走，你就別想走。可是，我會聽你的話的。（這些話都是喘著氣說的，每說完一句就拼命地吸氣。）你是爲我著想，當然，這一點我很清楚。給我點兒時間，讓我恢復體力。你愛怎麼著就怎麼著。可是華生，現在不行。現在是四點鐘。到六點鐘，我讓你走。」

「你簡直瘋了，福爾摩斯。」

「就兩個鐘頭，華生。我答應讓你六點鐘走。願意等嗎？」

「看來我也沒有別的辦法啦。」

「當然沒有，華生。謝謝你，我不需要你幫我整理被褥。請你離遠一點。華生，我還有一個條件。你可以去找人來幫助我，但不是從你提到的那個人那裡尋求幫助，而是從我挑的人那裡去尋求幫助。」

「我保證。」

「打你到這兒以來，『我保證』這三個字才是你說出來的第一句通情達理的話，華生，到那兒找幾本書看。我沒有力氣了。當我們把一組電池的電都輸入一個絕緣體時，我不知道這組電池會有何感覺。六點鐘，華生，我們再談吧。」

但是，在六點鐘還未到之前我們又開始交談。而這次的情況像他剛才跳到門前攔住我一樣，又使我大吃一驚。我站了幾分鐘，望著病床上沉默的人兒。被子幾乎把他的臉全部蓋住了。他好像睡著了。我無心坐下來看書，於是在屋子裡踱來踱去，看看貼在四周牆上的著名罪犯的照片。我漫不經心地來回走著，最後走到壁爐前。臺上零亂地放著菸斗、菸絲袋、注射器、小刀、手槍子彈以及其他一些亂七八糟的東西。這裡面有一個黑白兩色的象牙小盒子，盒子上有一個活動的小蓋。這個小玩意兒很精緻，我伸手去拿，準備瞧個仔細，這時——

他突然狂叫起來——這聲大叫在大街上都能聽見。這可怕的叫聲嚇得我渾身哆嗦，毛骨悚然。我回過頭，只見一張抽搐的臉和兩隻驚狂的眼睛。我手裡拿著小盒子嚇得站在那裡一動不動。

「快放下！快，華生——叫你馬上放下！」他又把頭重新躺到枕頭上。我把小盒子放回壁爐臺上後，他才深深地鬆了一口氣。

「我討厭別人動我的東西，華生。你知道的。你眞叫我忍無可忍。你這個醫生——你簡直要把病人趕到精神病院去了。坐在那兒，老兄，讓我歇會兒不行嗎！」

這件意外的事給我留下極不愉快的印象。先是粗暴和無故的激動，然後又是說話這樣粗蠻，簡直與平時態度和藹的他判若兩人。這表明他的頭腦已經混亂到很嚴重的程度。在一切災禍中，最令人痛惜的莫過於一個高貴的頭腦被毀了。我一聲不響，情緒低落，一直坐著等到過了規定的時間。我一直看著鐘，他似乎也一直看著鐘，因爲剛過六點，他就開始說話了，同以前一樣有勁兒。

「華生，」他說，「你口袋裡有零錢嗎？」

「有。」

「銀幣呢？」

「多的是。」

「半個克朗的有多少？」

「五個。」

「啊，太少啦！太少啦！太不幸了，華生！就這麼點兒，你還是把它放回錶袋裡去，其餘的錢放到你左邊的褲子口袋裡。謝謝你。這樣可以使你保持平衡。」

眞是一派胡言。他顫抖起來，又發出既像咳嗽又像嗚咽的聲音。

「你現在把煤油燈點著，華生，但要小心，不要一下子都點上，只能點上一半。我求你小心點兒，華生。謝謝。很好。不，你不用拉百葉窗。勞駕把信和報紙放在這張桌子上，我搆得著就行。謝謝你。再把壁爐臺上亂七八糟的東西拿一些過來。好極了，華生！那上面有一個方糖夾子。請你用夾子把那個象牙小盒夾起來，放到這裡的報紙上面。好！現在，你可以到下伯克大街十三號去請卡弗頓．史密斯了。」

說實話，我已經不怎麼想去請醫生了，因爲可憐的福爾摩斯如此神志不清，離開他怕有危險。然而，他現在卻急著要請他所說的那個人來，就像他剛才不准我去請醫生的態度一樣固執。

「我從來沒聽說過這個名字。」我說。

「你可能沒有聽說過，我的好華生。你知道後，也許會吃驚的，治這種病最內行的並不是一位醫生，而是一個種植園主。卡弗頓．史密斯先生是蘇門答臘的知名人士，現在正在倫敦訪問。在他的種植園裡，曾經發生過這種疫病，由於得不到醫藥救援，他不得不自己著手進行研究，效果不錯，影響很大。他是個做事講究條理的人，我叫你六點鐘之前不要去，是因爲我知道你在他書房裡是找不到他的。如果你能把他請來，以他治療這種病的獨家經驗——研究這種病已經成了他的最大嗜好——我相信，他是能救我的。」

福爾摩斯表達的語意是連貫、完整的；不過他說話時會不時地因爲喘息而停頓，病痛使他的雙手握得緊緊的，這些我還是少說爲好。在我和他待在一起的這幾個小時裡，眼看著他的病情每況愈下：熱病斑點更加明顯，深陷在黑眼窩裡的眼睛更紅了，額頭上直冒冷汗。但是，他說話時的那種瀟灑風度依然如故。甚至到了奄奄一息的時候，你仍得聽他的。

「把你離開我時我的確切情形告訴他，」他說，「你要把你心裡的感覺和印象表達出來——生命垂危——奄奄一息、神志不清。唉，我想不出，爲什麼整個海底不是一大片堅硬的牡蠣，牡蠣的產量多高啊。啊，我扯遠了！多奇怪，腦子要由腦子來控制！我剛才說什麼來著，華生？」

「叫我去請卡弗頓·史密斯先生。」

「呵，對，想起來了。我是死是活全靠他了，你去求求他，華生。因爲我和他對彼此都沒有好感。因爲他有個侄子，華生——我曾懷疑他對他下了毒手，還把我的看法講給他聽了。那孩子死得可眞慘？。史密斯恨透了我。你要去把他的心打動，華生。請他，求他，想盡辦法把他請來。只有他能救我——只有他！」

「要是他不肯，那我就把他拖進馬車拉過來好了。」

「別這樣。你要把他勸過來。然後你搶在他之前先回到這裡來。隨便用什麼藉口都行，不要跟他一起回來。記住了，華生。你不會使我失望的。你從來沒有使我失望過。生物的繁殖肯定受天敵的限制。華生，你和我都已盡了本分。那麼，這個世界不會被繁殖過多的牡蠣吞沒吧？不會，不會，多可怕呀！你要把心裡想的都表達出來。」

我完全聽任他像個白癡兒似的胡言亂語，叨唸個不停。他把鑰匙交給我，我高興地趕快接過來，生怕他會把自己鎖在屋裡。赫德森太太在過道裏等著，不停地抖動著肩膀哭泣。我走過客廳，聽到後面傳來福爾摩斯胡亂哼唱的尖細嗓音。到了樓下，當我正在叫馬車時，一個人從霧中向我走過來。

「先生，福爾摩斯先生的病怎麼樣啦？」他問道。

原來是老相識，蘇格蘭場的莫頓警長。他穿著一身斜紋花呢的便裝。

「他病得不輕。」我回答。

他以一種奇特的眼神看著我。若非這樣想顯得太小心眼，我倒真覺得在車燈照射下的他竟然顯得幸災樂禍。

「我聽到過一些關於他生病的謠言。」他說。

馬車走動了，我就沒再和他說話了。

下伯克街位於諾廷希爾和肯辛頓之間含混不清的交界地帶。這一帶的房子很好。馬車在一座住宅前面停下。老式的鐵欄杆、雙扇開的大門、以及門上光亮可鑑的銅件，使這座房子有一種高傲而莊嚴的高貴氣派。一個板著面孔的管家走了出來，身後透射出淡紅色的燈光。這裡的一切和他倒很協調。

「卡弗頓·史密斯先生在家，華生醫生！好的，好的，先生，我把你的名片交給他。」

我是個無名小卒，卡弗頓·史密斯先生不會知道我是誰。通過半開著的房門，我聽見一個高嗓門很不耐煩地說道：

「這個人是誰？他要幹什麼？哎呀，斯泰帕爾，我對你說過多少次了，在我作研究的時候，不要讓人來打擾我？」

管家輕言細語地作了一番解釋。

「哦，我不見他，斯泰帕爾。我不能這樣停下我的工作。就對他說我不在家。要是他非見我不可，就叫他明天早上來。」

管家又小聲地說了些什麼。

「好了，好了。告訴他要不明天早上來，要不走開。我的工作耽誤不得。」

我想到福爾摩斯正在病床上輾轉不安、度日如年地等著我去幫他。現在不是講禮貌的時候。他能不能活下來就靠我辦事果不果斷了。還沒等小心翼翼的管家向我傳達他主人的口信，我已經闖過他身邊進到了屋裡。

一個人從火爐邊的一把躺椅上站起來，憤怒地大叫一聲。那人臉色發黃，滿臉油膩的橫肉，長著一個肥大的雙下巴；他那毛茸茸的茶色眉毛下是一對陰沉嚇人的灰眼睛，在瞪著我。光禿禿的粉紅色腦門上故作時髦地斜頂著一頂天鵝絨煙帽。他腦袋很大，可是當我低頭一看，不覺大吃一驚，這個人身材瘦小，弱不禁風，腰弓背駝，好像小時候得過佝僂病似的。

「你是怎麼回事！？」他高聲尖叫道，「這樣闖進來是什麼意思？我不是傳話給你，叫你明天早上來嗎！」

「對不起，」我說，「刻不容緩。夏洛克．福爾摩斯先生——」

提到我朋友的名字，對這個小矮子產生了不平常的效果。他臉上的忿怒表情頓時消失，變得緊張而警惕起來。

「你是從福爾摩斯那兒來的？」他問道。

「我剛從他那兒來。」

「福爾摩斯怎麼樣了？還好嗎？」

「他病得快死啦。我就是爲這件事來的。」

他指著一張椅子讓我坐，他也在自己的躺椅上坐下來。就在這時候，我從壁爐牆上的一面鏡子裡看見了他的臉。我敢發誓說，我看到他臉上露出一絲惡毒而陰險的笑。不過我又想，一定是我把他嚇得神經緊張吧，因爲過了一會兒，他轉過身來對著我的時候，臉上露出的是眞誠關懷的

表情。

「聽到這個消息，我很不安，」他說，「我只是在做幾筆生意時和福爾摩斯先生有些交往。我很尊重他，因爲他有才華、有個性。他業餘研究犯罪學，我業餘研究病菌學。他抓壞人，我抓病菌。這就是我關押病菌的監獄，」說著，他用手指向一個小桌子上的一排排瓶瓶罐罐，「在這裡培養的膠質中，就有世界上最兇惡的犯罪分子正在服刑哩。」

「正是因爲你有專門的知識，福爾摩斯才想見你。他對你評價極高，他說在倫敦，只有你才能幫他。」

這個小矮個子吃了一驚，那頂時髦的煙帽竟然掉到了地上。

「爲什麼？」他問道，「爲什麼福爾摩斯認爲只有我可以幫他？」

「因爲你懂得東方的疾病。」

「他怎麼知道他染上的是東方的疾病呢？」

「因爲，在一次職業調查時，他在碼頭上和中國水手一起工作過。」

卡弗頓·史密斯先生吐了一口氣，笑著拾起了他的煙帽。

「哦，原來如此，」他說，「我想這事並不像你想得那麼嚴重。他病了多久啦？」

「差不多三天了。」

「說胡話嗎？」

「有時候說。」

「嘖!嘖!這麼說來,病得還不輕。要是不答應他的要求,那可不人道。我眞不想中斷工作,華生醫生。不過,這件事得另當別論。我馬上就跟你去。」

我想起福爾摩斯的囑咐。

「可我另外還有個約會。」我說。

「很好。我一個人去。我有福爾摩斯先生的住址。你放心,我最遲在半小時內就到。」

我心情沉重地回到福爾摩斯的臥室。我眞怕我不在的時候他會有個三長兩短。這一會兒,他好多了,我放了心。他的臉色仍然慘白,但已經沒有神志昏迷的症狀。他說話的聲音很虛弱,卻似乎比往常更顯得清醒。

「喂,見到他了嗎,華生?」

「見到了。他就來。」

「了不起,華生!了不起!你是最好的信差。」

「他想同我一起來。」

「那可不成,華生。那顯然不可能。他問過我得了什麼病嗎?」

「我告訴他跟東區的中國水手有關。」

「對!好,華生,你已經盡了好朋友的責任。現在你可以退場了。」

「我得等等，我得聽聽他怎麼說，福爾摩斯。」

「那當然。不過，如果他以爲這裡只有我和他兩個人，我有充分的理由認爲，意見會更加坦率，更有價值。我的床頭後面剛巧有個地方，華生。」

「啊！」

「我看沒有別的辦法了，華生。那地方不太舒適，可躲在那兒不容易引人懷疑。就躲在那兒吧，華生，可以的。」他突然坐起身，憔悴的臉上顯得嚴肅而專注。「我聽見車輪聲了，快，華生，如果你眞替我著想就快躲在那兒。不要動，不管出什麼事，你千萬別動，聽見了嗎？別說話！別動！只管聽著。」轉眼間，他那突如其來的精力消失了，從一個幹練果斷的人又變成了一個神志迷糊的人。

我趕緊藏起來，屏住氣。我聽到上樓的腳步聲，臥室的開門聲和關門聲。後來，眞奇怪，老半天沒動靜，只聽見病人急促的呼吸和喘氣。我能想像，我們的來客正站在病床邊觀察痛苦的病人。難堪的寂靜終於被打破了。

「福爾摩斯！」他喊道，「福爾摩斯！」聲音就像叫醒睡著的人那樣迫切，「你能聽見我說話嗎，福爾摩斯？」傳來沙沙的聲音，好像他正用力搖晃病人的肩膀。

「是史密斯先生嗎？」福爾摩斯小聲問道，「眞沒想到，你會來。」

那個人笑了。

「我可不這樣想，」他說，「你看，我不是來了嗎？我是雪中送炭，福爾摩斯——雪中送炭！」

「你眞好——眞高尙。對你的特長，我是再清楚不過了。」

我們的來客奸笑了一聲。

「是呀。你是全倫敦惟一清楚我底細的人，你眞走運。你知道自己得的是什麼病嗎？」

「同樣的病。」福爾摩斯說。

「啊！你認得出症狀？」

「太清楚了。」

「啊，我一點都不感到奇怪，福爾摩斯。即使是同樣的病，我也不會感到奇怪。如果是同樣的病，你的日子就不好過了。可憐的維克多在得病的第四天就死去了——他可是個身強力壯、生龍活虎的年輕小夥子啊。正如你所說，他竟然在倫敦市中心染上了這種罕見的亞洲病，而且是我專門研究的疾病。奇怪的巧合啊，福爾摩斯。這件事你注意到了，你眞行。不過雖然有些薄情，我還是得說，這其中有因果關係。」

「我知道是你幹的。」

「哦，你知道，是嗎？可是你終究無法證實。你到處製造我的謠言，現在你自己得了病又來求我幫助。你葫蘆裡賣什麼藥——呃？」

我聽見病人急促而吃力的喘息聲。「給我水！」他上氣不接下氣地說。

「你就要完蛋了，夥計。不過，我得跟你把話說完再讓你死。所以我給你喝點兒水。拿著，別潑出來！對，你懂得我的意思嗎？」

福爾摩斯呻吟起來。

「求你幫幫我吧。過去的事就讓它過去吧，」他低聲說，「我一定忘掉我的話——我發誓。只要你把我的病治好，我就忘掉它。」

「忘掉什麼？」

「咳，忘掉維克多．薩維奇是怎麼死的。事實上剛才你承認了，是你幹的。我一定忘掉它。」

「你忘掉也罷，不忘也罷，隨你的便。我是不會在證人席上見到你了。我對你把話說絕了，福爾摩斯，再見到你，也是在另外一個不同的地方啦。就算你知道我侄子是怎麼死的，又能把我怎麼樣。我們現在談的不是他，而是你。」

「對，對。」

「來找我的那個人——他叫什麼名字來著？——對我說，你是在東區水手中染上這病的。」

「我只能這麼解釋。」

「你以爲就你的腦子好，呃？你以爲你很高明，是不是？這一回，你遇到了比你還要高明的人。你回想一下吧，福爾摩斯，你得這個病會不會另有原因？」
「我不能思考了。我的腦子壞了。看在上帝的份上，幫幫我！」
「是的，我要幫助你。我要幫助你弄明白你現在的處境，以及你是怎樣落到這步田地的。在你死之前，我願意讓你死個明白。」
「給我點什麼，減輕我的疼痛吧。」
「疼痛？是的，苦力們到快斷氣的時候總是要發出幾聲嚎叫。我看你大概是抽筋了吧。」
「是的，是的，抽筋了。」
「嗯，不過你還能聽見我在說什麼。現在你聽著！你記不記得，就在你開始發病前，有沒有發生過什麼不尋常的事情？」
「沒有，沒有，什麼也沒有。」
「再想想？」
「我病得太厲害，腦袋轉不動了。」
「哦，那麼我來提示你。你有沒有收到什麼郵件？」
「郵件？」
「比方說一個小盒子什麼的？」
「我頭暈——我不行了！」

「聽著，福爾摩斯！」一陣響聲，好像是他在搖晃那個快死的病人。我只能躲在那裡摒氣凝神。「你一定得聽我說。你得聽著。你記得一個盒子——一個象牙盒子吧？星期三送來的。你把它打開了——還記得嗎？」

「對，對，我把它打開了。裡面有個很尖的彈簧。是個惡作劇——」

「不是惡作劇，你吃了苦頭就知道了。你這個蠢才，你罪有應得。誰叫你要惹我呢？如果你不來管我的閒事，我也不會想到害你。」

「我記得，」福爾摩斯喘著氣說，「那個彈簧！它把我刺出血來啦。這個盒子——就是桌子上這個。」

「就是這個，不錯！我把它放進口袋帶走，你連最後的一點證據也沒有了。現在你明白眞相了，福爾摩斯。你知道，是我把你害死的，你可以死了。你對維克多．薩維奇的事知道的太多了，所以我讓你死得瞑目。你就快死了，福爾摩斯。我要坐在這裡，眼看著你死去。」

福爾摩斯的聲音細得幾乎聽不見了。

「什麼？」史密斯問，「把煤氣燈扭大些？啊，夜幕降臨了，是吧？好。我來扭。我可以看你看得更清楚些。」他走過房間，整個屋子一下子燈火通明。「還有什麼事要我替你效勞的嗎，朋友？」

「我要火柴和香菸。」

我一陣驚喜，差一點情不自禁地叫出聲來。他又恢復了那自然的聲音——或許還有點虛弱，但正是我所熟悉的聲音。時間停頓。我感到卡弗頓．史密斯一聲不響、驚訝萬分地站在那裡瞅著我的同伴。

「你是怎麼回事？」我終於聽見他開口了，聲音焦急而緊張。

「扮演角色最成功的方法就是讓自己投入其中。」福爾摩斯說道，「我對你說了，三天來，我不吃不喝，多虧你發慈悲，倒了杯水給我。但是，最叫我難受的還是不能抽菸。啊，這兒有香菸。」我聽見劃火柴的聲音，「這就好多了。嘿！嘿！我是聽到一位朋友的腳步聲了嗎？」

外面響起腳步聲。門開了，莫頓警長出現了。

「一切順利，這就是你要找的那個人。」福爾摩斯說。

警官例行公事地說了一番話。

「我以謀害維克多．薩維奇的罪名逮捕你。」他最後說。

「你可以再加一條，他還試圖謀害一個名叫夏洛克．福爾摩斯的人，」我的朋友笑著說道，「為了救一個病人，警長，卡弗頓．史密斯先生真夠意思，他扭大了燈光，發出我們的暗號。對了，犯人上衣右邊口袋裡有個小盒子。還是把它拿出來的好。謝謝你。如果我是你，我會非常小心地處理它。放在這兒，在審訊中可能用得著它。」

突然一陣哄亂和扭打，接著是鐵器相撞和一聲苦叫。

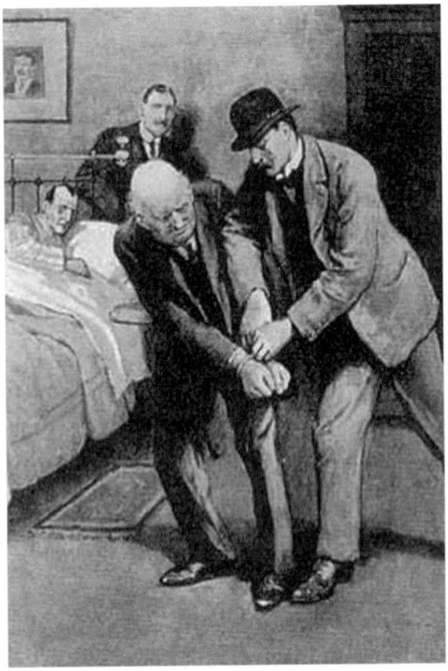

「你掙扎只是自討苦吃，」警長說道，「站住別動，聽見沒有？」只聽見「倈」的一聲手銬聲。

「圈套設得眞妙啊！」他大吼一聲。「被告的是你，福爾摩斯，不是我。他叫我來給他治病。我同情他，就來了。現在他卻偏要說，他編造的話是我說的，這證明他神志不清的猜疑是眞的。福爾摩斯，隨你愛怎麼撒謊好了。你我的話是同樣可信的。」

「天哪！」福爾摩斯叫了起來，「我完全把他忘了。親愛的華生，我竟然把你給忘啦！眞是萬分抱歉。不用向你介紹卡弗頓·史密斯先生了，因爲你們稍早剛見過面。外面有馬車嗎？我換好衣服就跟你一起走，因爲我到警察局可能還有些用處。」

「我不需要這副裝扮了，」福爾摩斯說。他在梳洗的間隙喝了一杯葡萄酒，吃了一些餅乾，精神好多了。「可是你知道，我的生活習慣不規律，這一點對我沒什麼影響，對其他人就可能吃不消了。我要使赫德森太太對我的病況信以爲眞，因爲這得由她轉告你，再由你轉告他。你不見怪吧，華生？你要知道，你很有才華，卻不會僞裝，如果讓你知道了我的秘密，你決不可能心急如焚地去把他找來，而這一點是整個計畫的關鍵部分。我知道他存心報復，所以我確信他肯定要來看看自己的傑作。」

「可是你的外表，福爾摩斯——你這張慘白可怕的臉是怎麼回事？」

「禁食三天可不會讓人變美，華生。至於其他的，一塊海綿足矣。額上抹凡士林，眼睛裡滴點顛茄劑，顴骨上塗點口紅，嘴唇上塗一層蠟，效果非凡。我有時候倒想就裝病這個題目寫點論文。時而說說半個克朗啦，牡蠣啦，以及諸如此類的無關話題，就能產生神志昏迷的奇效。」

「既然實際上不會傳染，你爲什麼不准我接近你呢？」

「你不知道嗎，我親愛的華生？你以爲我會小看你的醫術嗎？不論我這個奄奄一息的病人多麼虛弱，但我的脈搏跳得不快，體溫又不高，這難道逃得過你那機敏的判斷嗎？我和你相隔四碼，才能把你唬住。我要是不做到這一點，誰能去把史密斯給我帶來呢？沒有人，華生。我不會碰那個盒子。當你打開盒子，從盒子旁邊看時，你就會看見那個彈簧像一顆毒蛇的牙齒般彈出來。我敢說，他就是用這種詭計把可憐的薩維奇害死的，薩維奇是阻擋這個魔鬼繼承財產的人。你知道，我收到的郵件是形形色色的，凡是我收到的包裹，我都嚴加提防。我很清楚，如果我假裝他的詭計已經得逞，就能出奇不意，讓他招認。我的戲演得跟眞正的藝術家一樣。謝謝你，華生，你得幫我把衣服穿上。等我在警察局辦完了事，我想到辛普森飯店去吃點有營養的美味不過分吧。」

第六篇　法蘭西斯．卡法克斯女士的失蹤

「怎麼是土耳其式的？」夏洛克．福爾摩斯直瞪著我的靴子問。此刻我正躺在籐椅上，伸出的雙腳引起了他極大的注意。

「英國式的，」我不解地回答，「在牛津大街拉梯默鞋店買的。」

福爾摩斯微笑的同時也顯得不耐煩。

「澡堂！」他說，「澡堂！爲什麼寧願去洗價格昂貴的土耳其浴，而不去洗本國式的澡提神呢？」

「因爲最近我的風濕病又犯了，同時我也感到老了。土耳其浴是我們所謂的另類療法，一個新的起點，一種身體清潔劑。」

「唉，對了，福爾摩斯，」我又說道，「我確信對於邏輯周密的頭腦來說，靴子和土耳其浴的關係完全是不言而喻的。但是如果你能解說的話，我將非常感謝。」

「很容易推理，華生，」福爾摩斯說，俏皮地眨了眨眼，「我用的仍然是那套推理法。我問你，你今天早上坐車回來時有哪些人和你同車？」

「我不認爲新的例證是一種解釋。」我帶著挖苦地口氣說道。

「好，華生！好一個既有尊嚴又有邏輯的反駁。讓我想想問題在哪裡？先說最後的吧——馬車。你看到你的左衣袖和肩上濺到泥漿。如果你坐在車子的中間，就不會有這種情況了。如果你是坐在車子中間的話，要有泥漿當然是衣服兩邊都會有。所以，很顯然你是坐在車子的一邊，並且車上還有其他人。」

「這是很明顯的。」

「沒有什麼特殊的，是嗎？」

「但是靴子和洗澡是怎麼回事呢？」

「道理一樣簡單。你有你自己穿靴子的習慣方法。我看到你的鞋帶繫得很仔細，並且打的是雙結，這不是你平時的繫法。因此你曾把靴子脫掉過。是誰繫的帶子呢？鞋匠——或者是浴室的侍童。既然你的靴子幾乎還是新的，不可能是鞋匠。噢，還有什麼呢？沐浴。是不是有點兒荒唐？但是，總之，洗土耳其浴是有目的的。」

「什麼目的呢？」

「你說過你這麼做是想換換洗法，所以我假設你去洗了一次。親愛的華生，去一趟洛桑怎麼樣？頭等車廂的車票，所有的花費都會很講究的。」

「太好了！但是爲什麼呢？」

福爾摩斯又躺到籐椅裡，從口袋中掏出了筆記本。

「世界上最危險的一種人，」他說，「就是漂泊不定，舉目無親的女人。她對別人最無害，相反往往是最有用的人，但卻總是不可避免地成爲別人犯罪的誘因。她無依無靠，四處漂泊。她有足夠的錢到各國旅行，在各式各樣的旅館出入。她常常迷失在偏僻的公寓和寄宿旅館裡，像一隻走失在狐狸世界裡的小雞。即使她被呑噬也很少有人會想念她。我很擔心法蘭西斯·卡法克斯女士已經遇到了某種不幸。」

突然從抽象轉到具體問題，使我鬆了口氣。福爾摩斯在查閱著他的筆記。

「法蘭西斯女士，」他接著說，「是已故拉福頓伯爵直系親屬中惟一的倖存者。你大概還記得吧，他的遺產都給了兒子，留給她的財產有限，但其中一些是極爲稀奇古怪的古老西班牙銀飾珍寶和精雕細刻的鑽石。她喜愛這些東西，對它們愛不釋手，總是隨身帶著而不肯存放在銀行裡。法蘭西斯女士美貌多情，徐娘未老，可是因爲一次意外的遭遇，卻成了二十年前一支龐大艦隊的最後一葉小舟。」

「她出了什麼事？」

「哦，法蘭西斯女士出了什麼事？她現在是活著還是死了？我們就是要弄清楚這些問題。四年來，她每隔一個星期都要寫一封信給她的老家庭女教師杜布妮小姐。這已經成爲她的習慣，並且從未改變過。杜布妮小姐早已退休了，現在住在坎伯韋爾。來找我的就是她。五個星期過去了，法蘭西斯．卡法克斯女士仍然杳無音訊。她的最後一封信是從洛桑的國家飯店寄出的。法蘭西斯女士好像已經離開了那裡，沒有留下地址。她的家人很著急，他們很有錢，如果我們能夠把事情弄個水落石出，他們將不惜重金來酬謝我們的。」

「僅有杜布妮小姐能提供情況嗎？法蘭西斯．卡法克斯女士肯定也和別的人通信吧？」

「肯定還有另一個通信人，華生，那就是銀行。單身女人也得生活。她們的存摺就是日記的縮影。她的錢存在西爾維斯特銀行。我看過她的戶頭。她最後第二次的取款是爲了付在洛桑的欠賬，數目很大，她可能隨身攜帶著餘款。在那以後只開過一張支票。」

「開給誰的？在什麼地方開的？」

「開給瑪麗．黛汶小姐的。在什麼地方開的還不清楚。不到三個星期前，這張支票在蒙彼利埃的裏納銀行兌現。是五十鎊。」

「瑪麗．黛汶小姐是誰？」

「我查過了。瑪麗．黛汶小姐曾經是法蘭西斯．卡法克斯女士的女僕。我們還無法斷定把這張支票給她的原因。但毫無疑問，你的調查將會很快弄明白這個問題的。」

「我的調查？」

「這就是要你到洛桑去作一番恢復健康的探險的原因。你知道當老亞伯拉罕成天擔心會丟掉性命的當口，我根本離不開倫敦。另外，不到萬不得已我是最好不到國外去的。沒有我的話蘇格蘭場會感到寂寞，並且也會在罪犯中引起不良的騷動。親愛的華生，去吧。如果我的拙見每字能值兩個便士的高價的話，那就讓它在大陸電報局的一端日夜聽從你的安排吧。」

兩天後，我來到洛桑的國家飯店，那位大名鼎鼎的經理莫塞先生殷勤接待了我。他說法蘭西斯女士曾在此住過幾個星期。見到她的人都很喜歡她。她不到四十歲，風韻猶存，可以想像得出她年輕時是多麼貌美。莫塞並不知道她有珍貴的珠寶。但是茶房曾說起過，法蘭西斯女士臥室裡那個沉甸甸的皮箱總是小心地鎖著。女僕瑪麗．黛汶和她的女主人一樣，同大家的關係都不錯。她已和飯店裡的一個茶房領班訂婚，很容易就可以打聽到她的住址，是在蒙彼利埃的特拉揚路十一號。我把這些全部記下。我覺得即使是福爾摩斯本人，收集情況的本領也不會比這更高明的。

還有一個疑點。我還沒有查明法蘭西斯女士為什麼突然離去，顯然，她在洛桑過得很愉快。毫無疑問，她本打算在這湖畔的豪華房間裡度過這個季節的，但是卻在預訂之後的第二天離開了，浪費了一週的房租。只有女僕的戀人茹勒．維巴講了一些看法，他把法蘭西斯女士的突然離去和一兩天前一個又高又黑、留著鬍子的人來旅館拜訪的事聯繫起來。「野蠻人——完完全全的野蠻人！」茹勒．維巴嚷道。此人住在城裡某個地方。有人曾看到他在湖邊的遊廊上和法蘭西斯女士認真地交談過，然後他又來拜訪過法蘭西斯女士。法蘭西斯女士堅決不見他。他是個英國人，但沒有留下姓名。法蘭西斯女士隨即也離開了那地方。茹勒．維巴，更為重要的是茹勒．維巴的戀人，他們都認為這個英國人的來訪是，法蘭西斯女士離去的原因。至於瑪麗為什麼離開女主人的原因，茹勒閉口不談。關於這一點，他不能也不願說什麼。如果我想知道的話，我得到蒙彼利埃去問她本人。

我調查的第一階段就此結束。第二階段要說的是法蘭西斯．卡法克斯女士離開洛桑後去的地方。關於這點，有某種秘辛使人確信，她去那個地方的目的是爲了甩開某人。不然爲什麼她的行李上不貼上去巴登的標籤呢？她本人和她的行李都是繞道來到萊茵河遊覽區的。我是從當地庫克辦事處經理那裡收集到這些情況的。我給福爾摩斯發了電報，把所有的情況都回報給他，並且收到了他的回電。他半開玩笑地把我表揚了一番，之後我就到巴登去了。

在巴登很容易就查出了線索。法蘭西斯女士曾在英國飯店住了半個月。在那裡她認識了來自南美的傳教士施萊辛格博士和他的妻子。和大多數單身女子一樣，法蘭西斯女士從宗教中尋找安慰。她被施萊辛格博士優秀的人品，無私的奉獻精神，以及在傳教過程中得過病，現正在恢復階段中等經歷所深深打動。她曾經幫助過施萊辛格太太照料這位逐漸痊癒的聖士。據經理說，博士白天在遊廊的躺椅上打發時間，身旁站一個服務員。他正在繪製一幅專門說明米迪安天國聖地的地圖，並在撰寫一篇有關此方面的論文。最後，在

他完全痊癒以後，和妻子去了倫敦，法蘭西斯女士也和他們同行。這事發生在三個星期以前。從那以後這位經理就再也沒有聽到他們的消息。至於女僕瑪麗，幾天前在她對別的女僕說她要永遠離開這一行之後，就哭著走了。在施萊辛格博士出發之前，給那一幫人都付了賬。

「對了，」經理最後說，「打聽法蘭西斯．卡法克斯女士的人不止你一個。大約一個星期前，也有人到這兒來打聽過。」

「他報了姓名了嗎？」我問。

「沒有，不過他是個英國人，雖然看上去很特別。」

「一個野蠻人？」我說，照我那位大名鼎鼎的朋友的方式把我所知道的事情聯繫起來。

「對。這種講法很適合他。他身材高大，蓄著鬍子，曬得黝黑，看上去他習慣住農村小旅店，而不是豪華飯店。此人面相兇惡，我可不敢惹他。」

迷霧散去之後，人物更清楚了，眞相也開始顯露。有一個兇惡無情的傢伙一直在追蹤這位善良虔誠的女士。她怕他，不然她就不會逃離洛桑了。他仍然在跟蹤著，並遲早會追上她的。他是不是已經追上她了？她繼續保持沉默的秘密是否就在這裡？她那些善良的同伴難道不能保護她，使她免遭暴力或訛詐之害？在這漫長的追逐後面隱藏著什麼可怕的目的，什麼深層的企圖呢？這就是我要解決的問題。

我寫信給福爾摩斯，告訴他我已迅速確切地查到了案子的根源。回電卻是要我描述施萊辛格博士的左耳。福爾摩斯的幽默有時眞是稀奇古怪，甚至未免有些冒失。我沒有理會他這個不適時宜的玩笑。說眞的，在他來電報之前，我爲了追上女僕瑪麗已經到了蒙彼利埃。

我很容易就找到了這位被辭退的女僕，並獲得了她所瞭解的情況。

她對主人很忠誠，她離開她的女主人，只是因爲她確信她的主人可以得到妥善的照料，同時也因爲她的婚期已到，她遲早要離開主人的。她痛苦地承認，她們住在巴登的時候，女主人曾對她發過脾氣，有一次甚至追問過她，對她的忠誠產生了懷疑。在這種情況下分手反倒好，不然她們會依依不捨的。法蘭西斯女士送給她五十鎊作爲結婚禮物。和我一樣，瑪麗也非常討厭那個促使她女主人離開洛桑的陌生人。她曾親眼見過這個人公然在湖濱遊廊上惡狠狠地抓住法蘭西斯女士的手腕。此人兇狠可怕。瑪麗認爲法蘭西斯女士之所以和施萊辛格夫婦同去倫敦，就是因爲她害怕這個人。法蘭西斯女士從未向瑪麗提過這件事，但是從許多細小的跡象看，這位女僕深信她的女主人一直生活在憂慮不安的狀態之中。剛說到這裡，她突然從椅子上跳起來，神情驚恐不安。「看！」她叫喊起來，「這個惡棍跟到這裡來了！我說的就是那人。」

透過客廳裡敞開的窗子，我看見一個蓄著黑鬍子的黑漢緩步走在街上，急切地查看著門牌號碼。顯然他和我一樣在找女僕的下落。一時衝動之下，我衝到街上和他搭話。

「你是英國人？」我說。

「是又怎麼樣？」他惡狠狠地反問我。

「我能知道你的尊姓大名嗎？」

「不能。」他口氣很堅決地說。

這種情形眞是令人尷尬，可是最直截了當的方式常常是最有效的方式。

「法蘭西斯・卡法克斯女士在什麼地方？」我問道。

他驚訝地看著我。

「你把她怎麼樣了？你爲什麼老是跟蹤她？回答我！」我說。

這個傢伙怒吼一聲，像一隻老虎似地向我猛撲過來。以前我在很多格鬥中都能頂得住，但是這個人雙手如鐵鉗，像魔鬼般瘋狂。他箝住我的喉嚨，幾乎使我失去了知覺。這時從對面街上的一家酒店裡衝出一個未刮鬍鬚，身穿藍色制服的法國工人。手持短棒，一棒打在向我行兇的那傢伙的小臂上，使得他鬆了手。這傢伙一時愣在那，怒不可遏，不知是否應該繼續攻擊我。最後他怒吼一聲，離開我，走進我剛才出來的那家小別墅。我轉身向救命恩人致謝，他就站在我旁邊路上。

「嗨，華生，」他說，「你把事情弄糟了！我看今晚你最好還是和我坐快車回倫敦去吧。」

一小時後，穿著平時的服裝又恢復了原有風度的福爾摩斯坐在了我住的旅店的房間裡。他解釋說，他突然出現的原因很簡單，因爲他認爲他可以離開倫敦了，於是就決定趕到我旅程的下一站截住我，而下一站無疑會是蒙彼利埃。於是他化裝成一個工人坐在酒店裡等我露面。

「親愛的華生，你的調查工作非常連貫一致，」他說，「我現在還不能想起有什麼可能疏忽之處。你行動的全部功勞就是到處發警報，卻總是什麼也沒有發現。」

「大概就是你來也不會比我強。」我不快地回答說。

「不是『大概』。我已經做得比你強。尊敬的菲力浦·格林和你同住在這家飯店裡。更有成效的調查要從他開始。」

一張名片放在託盤上送了進來，隨即進來一個人，就是剛才在街上打我的那個歹徒。他看見我，吃了一驚。

「這是怎麼回事，福爾摩斯先生？」他問道，「收到你的通知後我就來了。但是此人和這件事有什麼關係？」

「這是我的老朋友兼同行華生醫生，他在協助我們破案。」

陌生人伸出一隻曬得很黑的大手，向我道歉。

「但願你沒有傷著。你說我傷了她，我就按捺不住火氣了。眞的，我這幾天總是控制不住自己。我的神經就像負載的電線，但我無法理解這種處境。福爾摩斯先生，我首先想要知道的就是，你們究竟是怎麼打聽到我的下落的？」

「我和法蘭西斯女士的女家庭教師杜布妮小姐有聯繫。」

「戴一頂頭巾式女帽的老蘇姍．杜布妮嗎！我很清楚地記得她。」

「她也記得你。那是在前幾天——那時你認爲最好是到南美去。」

「啊，你全都知道了。我用不著向你隱瞞什麼了。我向你發誓，福爾摩斯先生，世上從來沒有哪一個男人像我愛法蘭西斯女士那樣全心全意。我知道我是個粗野的小夥子，——雖然並不比別的年輕人壞。但是她像雪一樣純潔，她不能忍受任何粗魯。所以，當她聽說了我幹過的事後就不再理我了。但是她愛我——這就是奇怪之處——她是如此愛我，就是爲了我在那些聖潔的歲月裡她一直保持獨身。幾年過去了，我在巴伯頓發了財，我想或許我能夠找到她並且感動她。聽說她還沒有結婚。我在洛桑找到了她，並且做出了一切努力。她身體似乎比以前衰弱了，但她的意志卻仍然很堅強，當我再次去找她時，她已經離開那個城鎮了。我又追她到了巴登，過了一段時間，我聽說她的女僕在這裡。我是一個粗魯的人，剛脫離野蠻的生活，當華生醫生那樣問我的時候，我就控制不住了。看在上帝的份上，告訴我，法蘭西斯女士怎麼樣了。」

「我們會對此進行調查的，」福爾摩斯十分嚴肅地說，「你住在倫敦哪裡，格林先生？」

「到蘭姆飯店就可以找到我。」

「我勸你回去待在那裡，萬一有事我們可以去找你，好嗎？我不想讓你空抱希望，但你可以放心，爲了法蘭西斯女士的安全，我們一切在所不惜。現在沒別的要說了。給你一張名片，以便和我們保持聯繫。華生，你整理一下行裝，我去拍電報給赫德森太太，請她明天七點半爲兩個餓餓的旅客好好地準備一頓美食。」

當我們回到貝克街的住處時，已有一封電報在等著我們。福爾摩斯看了電報又驚又喜，他把電報扔給我。電報上寫著「有缺口或被撕裂過」。拍電報的地點是巴登。

「這是什麼？」我問道。

「這是一切，」福爾摩斯回答說，「你還記得我曾經問過那位傳教士左耳的情況，一個表面上與此案不相關的問題吧。你沒有答覆。」

「我已離開巴登因而無法詢問。」

「對。爲此我又給英國飯店的經理寄了一封內容相同的信。這就是他的答覆。」

「這能說明什麼呢？」

「這可以說明我們要對付的是一個非常狡猾、非常危險的人物，親愛的華生。牧師施萊辛格博士，來自南美的傳教士，就是亨利．彼特斯，是澳大利亞最無恥的惡棍之一——一個新興的國度，那裡出產人面獸心的傢伙可不算少了。他的拿手本領就是利用單身婦女的宗教感情誘騙她們。他那個所謂的妻子是個英國人，叫弗蕾塞，是他的得力幫手。他的犯案特點暴露了他的身分，還有他身體上的特徵——他在一八八九年於阿德萊德一家沙龍裡的一次格鬥中掛的彩——證實了我的懷疑。這位可憐的女士已經落在這一對無惡不作的惡魔夫妻手裡，華生。她很有可能已經死了。即使沒有死，也肯定被軟禁起來了，已不能給杜布妮小姐和別的朋友寫信了。有兩種情況我們需要考慮，她根本就沒有到達倫敦，要不然就是已經離開了倫敦。不過第一種情況可能性不大，因爲歐洲大陸有一套完整的出入境登記制度，外國人對大陸員警耍花招是很困難的。第二種情況也不可能，因爲這幫流氓不可能找到一處能輕易地把一個人關押起來的地方。直覺告訴我她就在倫敦，但目前我們還不知道她在什麼地方，眼下我們只能吃飽飯，養精蓄銳，耐心等待。晚上，我將順便到蘇格蘭場去找我們的朋友雷斯垂德談一談。」

無論是官方員警，還是福爾摩斯精幹的偵探小分隊，都不能夠揭開迷霧。在倫敦數百萬茫茫人海中，我們要找的這三個人好像根本就不存在一樣，無影無蹤。試著登了廣告，不行；順藤摸瓜，一無所獲；對施萊辛格可能常去作案的地方作了推斷也無濟於事。監視他的老同夥，可是他們卻不再和他聯絡。疑雲密佈的一週就這樣過去了。這時，忽然露出一線光明。在威斯敏斯特路的波汶頓當鋪裡，有人典當了一個西班牙的老式銀耳環。典當耳環的人個子高大，臉刮得乾淨，看上去像個教士。他用的是假姓名和假地址，當時也沒有人注意他的耳朵，但從所描述的情況看，肯定是施萊辛格。

那個住在蘭姆飯店滿臉鬍子的朋友來打聽消息三次。第三次來的時候是距這一新的進展不到一個小時。衣服在那魁梧的身軀上顯得越來越寵大了。他由於焦慮，似乎在漸漸衰弱憔悴下去。他經常哀求說：「讓我做點什麼吧！」最後，福爾摩斯終於滿足了他的請求。

「他開始當首飾了。我們現在應該把他抓起來。」

「這意味著法蘭西斯女士已經遭遇什麼不幸了嗎？」

福爾摩斯非常嚴肅地搖搖頭。

「目前他們也許把她關押起來了。顯然如果他們放了她，他們就會自取滅亡的。我們要爲最糟糕的情況作好準備。」

「我能做什麼？」

「那些人認不出你吧？」

「認不出。」

「有可能以後他會去別的當鋪。那種情況下，我們就必須重新開始了。另一方面，他當的價錢很高，也沒有人問他什麼問題，因此如果他急需用錢，或許他還會去波汶頓當鋪。我寫給你一張便條去交給他們，他們就會讓你在店裡等候。如果這個傢伙來了，你就跟蹤到他住的地方。不能魯莽，尤其不能動武。你要向我發誓，在沒有通知我和我的許可下，你不許隨意行動。」

兩天來，尊敬的菲力浦．格林（我得提一下，他是一位著名海軍上將的兒子。這位海軍上將在克里米亞戰爭中曾指揮過阿佐夫海艦隊。）沒有任何消息。第三天晚上，他衝進我們的客廳，

臉色蒼白，渾身發抖，強健的軀體上，每一塊肌肉都因爲興奮在顫動著。

「找到他了！找到他了！」他喊道。

他因爲過於激動，話不成句。福爾摩斯說了幾句安慰話，把他推到椅子上坐下來。

「好，現在從頭至尾給我們講一下吧。」他說。

「她是一個小時以前來的。這一次是他的老婆，但她拿來的耳環是一對耳環中的另外一隻。她高個子，臉色蒼白，長著一對老鼠眼。」

「正是那個女人。」福爾摩斯說。

「她離開了當鋪後我就盯上她。她向肯辛頓路走去，我一直跟在她後面。她很快地進了一家商店。福爾摩斯先生，那是一家殯儀店。」

我的同伴愣住了。「是嗎？」他聲音發抖，表明在那冷靜蒼白面孔後面掩蓋著內心的焦急。

「我進去時，她正在和櫃檯裡的一個女人說話。我彷佛聽見她說『已經晚了』或類似的話。店裡的女人在解釋原因。『應該在這之前就送去的，』她回答說，『時間太長，因爲和一般的不一樣。』她們停止了講話，看著我。我只好隨便問了幾句就離開了商店。」

「你幹得好極了。後來呢？」

「那女人從商店裡出來，但當時我已經躲進了一個門道裡。她向四周張望著，也許她已經有了警覺。隨後她叫了一輛馬車坐了進去。幸虧我也叫到了一輛馬車跟在她的後面。她在布里斯頓的波特尼廣場卅六號下了車。我駛過門口，把車停在廣場的一角，監視著這所房子。」

「你看見人了嗎？」

「除了底層的一個窗戶，其餘是一片漆黑。由於百葉窗拉下來了，我看不見裡面的情形。我站在那兒不知道下一步我該怎麼做。這時開來一輛帶篷貨車，車裡坐著兩個人。這兩個人下車後，從貨車裡取出一件東西抬到大門口的臺階上。福爾摩斯先生，是一口棺材。」

「啊！」

「正當我要衝進去時，門開了，讓那兩個人抬著棺材進去。開門的就是那個女人。我站在那兒，她瞥見了我，看來她已經認出我了，我看她吃了一驚，趕忙關上了門。我記起我的諾言，所以就來這兒了。」

「幹得很好。」福爾摩斯說著在半張小紙條上隨手寫了幾個字，「沒有搜查證，我們的行動就不合法。這種事情你去做最好。你把這張便條送到警察局，去拿一份搜查證來。可能會有些困難，不過我想出售珠寶這一點就已經足夠了。雷斯垂德會考慮一切細節的。」

「可他們現在就有可能會殺她。不然要棺材幹什麼？不是替她準備的還會是誰？」

「我們將盡力而爲，格林先生。時間一點都不能耽擱了。把這件事交給我們吧。現在，華生，」當我們的委託人匆匆走後，福爾摩斯接著說，「雷斯垂德將會調動正規警力。而我們則和往常一樣，從非正規的渠道入手。我們必須採取我們自己的行動。情況緊急，我不得不採取最極端的手段，這樣做也是合情合理的。馬上去波特尼廣場，不能耽誤一點時間。」

「我們重新分析一下情況，」他說，我們的馬車這時正飛奔過議會大廈和威斯敏斯特大橋，「這些歹徒首先挑撥法蘭西斯女士和她那忠實的女僕分開，現在已經把這位不幸的女士騙到倫敦來了。她即使曾經寫過信，也都被他們扣下了。他們透過同夥租到一所有傢俱的房子。他們一住進去就把她關了起來，而且他們現在已經獲得了那批貴重的珠寶首飾。這是他們一開始就想騙取的東西。他們已經開始變賣其中的一部分，既然他們沒有想到還會有人關心這位女士的命運，他們認爲這樣做很安全。如果放了她，她當然會去告發他們，所以決不會放了她，但也不能永遠關著她。惟一的辦法是殺了她。」

「問題很清楚了。」

「現在我們來考慮一下另外一個線索。當你順著兩條獨立的思路思考時，華生，你會發現，這兩條思路的某一交會點將和眞實的情況接近。我們先不從這位女士開始，而先從棺材開始倒過來論證一下。恐怕這件意外的事毫無疑問表明這位女士已經死亡，同時還表明是要按照常規安葬的，有正式的醫生證明，經過正式的批准手續。如果這位女士明顯是被害死的，他們就會把她埋在後花園的坑裡。但是，現在一切都是公開而正常地進行的。這意味著什麼呢？不用說，他們是用某種方法把她害死的，這種方法瞞過了醫生，僞裝成是自然死亡——或許是毒死的。但是眞奇怪，他們怎麼會讓醫生接近她呢，如果醫生不是他們的同夥的話。但這種假設無法令人信服。」

「他們會不會僞造醫生證明呢？」

「危險，華生，非常危險。不，我看他們不會這樣做的。停車，車夫！我們已經過了那家當鋪，這裡顯然就是那家殯儀店了。你願意進去一下嗎，華生？你的外表容易讓人放心。問一問波特尼廣場那家人明天幾點鐘舉行葬禮。」

店裡的女人毫不遲疑地告訴我將在早晨八點鐘舉行。「你瞧，華生，沒有秘密，一切都是公開的！無疑，他們已經弄到了合法手續，所以他們認爲不用擔心什麼。好吧，現在沒有別的辦法，只能從正面直接進攻了。你武裝好了嗎？」

「我的手杖！」

「好，好，我們應該充分準備。『充分武裝，才能取得鬥爭的勝利。』我們絕不能再等員警了，也不能讓法律的框架約束我們。車夫，你可以走了。華生，像我們往常幹過的一樣，讓我們一起碰碰運氣吧。」

他用力按著波特尼廣場中心的一棟黑暗大廈的門鈴。門很快打開了，一個女人高大的身影在過廳裡暗淡的燈光下出現了。

「你們要幹什麼?」她厲聲問道,眼睛透過黑暗窺視著我們。
「我想和施萊辛格博士談談。」福爾摩斯說。
「這兒沒有這個人。」說完就想把門關上,但福爾摩斯用腳把門抵住了。
「我想見見住在這裡的人,不管他自稱什麼。」福爾摩斯堅持地說。
她猶豫著,然後敞開了門。「那就進來吧!」她說,「我丈夫是不怕見世界上任何人的。」她關上身後的門,把我們帶進大廳右邊的一個起居室裡,點燃了煤氣燈後就走了。
「彼特斯先生很快就到。」她說。
她的話果然不假,我們還沒有來得及打量這間滿布灰塵、破敗不堪的屋子,門就開了,一個身材高大,臉刮得很光,禿頂的人無聲無息地走了進來。他有一副紅臉膛,腮幫子的贅肉垂著,看上去道貌岸然,溫文爾雅,但那張兇殘邪惡的嘴巴卻破壞了整個形象。
「肯定有什麼地方搞錯了,先生們,」他油腔滑調又宜然自得地說道,「我看你們找錯地方了。如果你們再到街上去試試,或許——」
「那也可以,但我們沒有時間可以浪費了,」我的同伴堅定地說,「你是阿德萊德的亨利·彼特斯,後來又稱作巴登和南美的牧師施萊辛格博士。就像肯定我的姓名叫夏洛克·福爾摩斯一樣敢肯定這一點。」
彼特斯——我現在要對他這樣稱呼了——吃了一驚,死死盯住他這個難纏的跟蹤者。「你的名頭嚇不住我，福爾摩斯先生，」他滿不在乎地說，「沒做虧心事，不怕鬼敲門。你到我這裡來有何貴幹？」

「我想知道你把法蘭西斯．卡法克斯女士怎樣了，當時是你把她從巴登帶到這裡來的。」

「如果你能告訴我這位女士現在何處，我會非常高興，」彼特斯平靜地回答說，「她還欠我將近一百鎊的錢，除了一對虛有其表的耳環以外，什麼也沒有給我。這對耳環，當鋪都不屑一顧。在巴登，她和我及彼特斯太太在一起——當時我確實用了化名——她跟隨我們一直來到倫敦。我替她付了帳單和車票錢。可是一到倫敦，她就溜了，而且只留下這些過時的首飾抵債。如果你能找到她，福爾摩斯先生，我將感激不盡。」

「我的確想找到她，」福爾摩斯說道，「我要對這屋子進行搜查，直到找到她爲止。」

「你的搜查證呢？」

福爾摩斯從口袋裡把手槍掏出一半。「在更好的搜查證沒有到來之前，這就是搜查證。」

「這麼說，你是一般所說的強盜嘍？」

「你可以這樣說我，」福爾摩斯愉快地說道，「我的夥伴也是一個危險的暴徒。我們要一起搜查你的住宅。」

我們的對手打開了門。

「去叫警察，安妮！」他喊道。過道裏響起一陣奔跑時婦女衣裙的聲響，大廳的門打開後又關上了。

「我們的時間有限，華生，」福爾摩斯說，「如果你試圖阻攔我們，彼特斯，你肯定要吃苦頭的。抬進來的棺材在哪兒？」

「你要棺材幹什麼？正用著呢，裡面有屍體。」

「我必須查看屍體。」

「沒有我的同意，絕對不行。」

「未必需要你同意。」福爾摩斯動作敏捷地把這個傢伙推到一邊，走進了大廳。一扇半開著的門就在我們眼前，我們走了進去，這是餐廳。棺材停放在一張桌子上，一盞半亮的吊燈懸在上面。福爾摩斯把燈扭得更亮些，然後打開了棺蓋。棺內躺著一具瘦小的屍體。射下來的燈光照見的是一張乾癟的老年人面孔。即使是飽嘗虐待之苦、受盡饑餓和疾病的摧殘，這個枯瘦的人體，顯然不可能是風韻猶存的法蘭西斯女士。福爾摩斯又驚又喜。

「謝天謝地！」他說，「這是另外一個人。」

「啊，你可犯了一個大錯誤啦，夏洛克·福爾摩斯先生。」彼特斯說著已經跟進屋來了。

「這個女人是誰？」

「唔，如果你眞想知道，她是我妻子的老保姆。她叫羅絲·斯彭德，我們是在布里克斯頓救濟院附屬診所裡發現她的。我們帶她到這裡來，然後請來了費班克別墅十三號的霍森醫生——福爾摩斯先生，這個住址，你可要記仔細了——細心照料她，這是基督教友應做的事。她第三天就死了——醫生證明書上說是年老體衰而死——這只不過是醫生的看法，你當然知道得更多。我們叫肯辛頓路的斯梯姆森公司辦理喪事。明天早上八點鐘安葬。你能從中發現任何漏洞嗎？福爾摩斯先生，你犯了一個愚蠢的錯誤，你還是老實的承認這一點。你打開棺蓋，本想看見法蘭西斯·卡法克斯女士，結果卻發現一個九十歲的可憐老太婆。我倒想把你那目瞪口呆的吃驚神態用相機拍下來。」

儘管受到了對手的嘲弄，福爾摩斯的表情仍然像往常一樣冷漠，但他那緊握的雙手卻顯示了他心中已然怒不可遏。

「我要搜查你的房子。」他說。

「你還要搜！」彼特斯喊道，這時傳來一個女人的聲音和過道上沉重的腳步聲。「馬上我們就可以弄清楚誰對誰錯。請到這邊來，警官。這兩個人闖進我家裡，我無法讓他們離開。幫我把他們趕出去。」

一名警官和一名員警站在門口，福爾摩斯從盒子裡抽出了名片。

「這是我的姓名和地址。這是我的朋友，華生醫生。」

「哎呀，先生，久仰了，」警官說，「但沒有搜捕證你不能待在這兒。」

「當然不能。我十分清楚這一點。」

「逮捕他！」彼特斯嚷道。

「如果需要逮捕，我們知道該如何下手，」警官威嚴地說，「不過你得離開這兒，先生。」

「對，華生，我們不得不走了。」

過了一會兒，我們又到了街上。福爾摩斯和平時一樣平靜，而我卻又羞又惱。警官跟在我們後面。

「對不起，福爾摩斯先生，但這是法律規定的。」

「很對，警長，你也沒有別的辦法。」

「我想你來這裡一定是有原因的。如果有什麼事我可以做——」

「是位失蹤的女士，警長。我們認爲她就在房子裡。我在等待搜查證，很快就會到了。」

「那麼我來監視他們，福爾摩斯先生。如果發生什麼事情，我一定讓你知道。」

這時只有九點。我們立即動身全力去追查線索。首先我們來到布里克斯頓救濟院。在那裡我們獲悉，幾天前的確有一對慈善夫婦來過。他們聲稱一個有點癡呆的老太婆是他們以前的僕人，他們得到允許把她領走了。在救濟院的人聽到她走了以後就死了的消息時，沒有人感到驚訝。

第二個目標是那位醫生。他曾被請去，發現那個女人衰老得快死了，並且親眼看見她死去，因此在正式的診斷書上簽了字。「我向你們保證，一切都非常正常，在這件事上是鑽不了漏洞的。」他說。屋子裡也沒有什麼令他懷疑的，值得注意的是像他們那樣的人家竟然沒有傭人。醫生提供的情況就只有這些了。

最後，我們去到蘇格蘭場。辦搜查證手續遇到了困難，耽擱是不可避免的了。第二天才能取到治安官的簽字。如果福爾摩斯能在九點左右去拜訪，他就可以同雷斯垂德一起去辦好搜查證。

這一天就這樣過去了。快到半夜的時候，我們的那位警長朋友來告訴我們，他看見那座黑暗大住宅的窗子裡燈光閃爍不定，但是沒有人離開，也沒有人進去。我們只好耐著性子等著第二天的到來。

福爾摩斯急躁不安，既不想說話，也不能入睡。我走開了。他一個人猛抽著菸斗，雙眉緊鎖，修長手指神經質的在椅子的扶手上不停地敲打著，而這時在他腦海裡可能正翻騰著解決這一疑難的辦法。我一整夜都聽見他在屋裡走來走去。清晨，我剛被叫醒，他就衝進了我的房間。他穿著睡衣，但是他那蒼白的臉色和深陷的眼睛都顯示出他整夜沒有闔眼。

「葬禮是幾點？八點，是不是？」他急切地問道，「哎，現在七點二十分。天哪，華生，上帝賦予我的頭腦是怎麼啦？快，老兄，快！這是生死攸關的事情——九死一生。要是去晚了的話，我永遠也不會饒恕自己的，永遠！」

不到五分鐘，我們已經坐上馬車離開貝克街飛馳而去。即使這樣，我們經過畢格本鐘樓時已是七點三十五分了，等到趕到布里克斯頓路，正敲八點鐘。不過，對方和我們一樣，也晚了。八點過十分了，靈車仍然停靠在門邊。正當跑得滿嘴口沫的馬停下來時，三個人抬著棺材出現在門口。福爾摩斯一個箭步上前攔住了他們的去路。

「抬回去！」他命令道，一隻手按在最前面的抬棺人的胸前，「馬上抬回去！」

「你要幹什麼？我再問你一次，你的搜查證呢？」彼特斯氣勢洶洶地嚷道，那張紅臉向著棺材的那一頭瞧著。

「搜查證馬上就到。棺材應該停放到屋裡去，直到搜查證來。」

福爾摩斯的威嚴聲調鎮住了抬棺材的人，彼特斯已經悄然溜進屋裡去了，他們只好遵從這些新命令。「快，華生，快！這是螺絲起子！」當棺材放到桌上時，他喊道，「老兄，這把給你！一分鐘之內打開棺蓋，賞金幣一鎊！別問問題

了——快幹！很好！另一個！還有一個！現在一塊兒使勁！快開了！唔，終於開了。」

我們一起用力打開了棺蓋。棺蓋掀開時，一股強烈使人昏迷的氯仿氣味從棺內衝出。棺內躺著一個軀體，頭部纏著浸過麻藥的紗布。福爾摩斯取去紗布，露出一個中年婦女塑像般美麗而高尚的臉龐，他立刻伸出手臂扶她坐了起來。

「她死了沒有，華生？還有氣息嗎？我們來得不算晚！」

半個小時過去了，看來我們來得太晚了。由於窒息和氯仿有毒的氣味，法蘭西斯女士似乎已經完全不省人事，無望復活了。我們進行了人工呼吸，注射乙醚，使用了各種科學辦法，最後，生命跡象在顫動，眼瞼在抖動，眼睛在露出微弱的光，一切表明生命在慢慢地恢復。一輛馬車趕到了，福爾摩斯推開百葉窗向外望去。「雷斯垂德帶著搜查證來了，」他說，「他會發現他要抓的人已經逃走了。」當過道上傳來沉重而急促的腳步聲時，他又接著說，「不過，還有一個人來了，這個人比我們更有權利照顧這位女士。早上好，格林先生，我看我們得把法蘭西斯女士送走了，並且越快越好。現在可以舉行葬禮了。那個仍然躺在棺材裡的可憐老太婆可以獨自到她最後安息的地方去了。」

「親愛的華生，如果你願意把這件案子也寫進你的案例實錄裡去，」那天晚上福爾摩斯說，「也只能把它看成是一個暫時受蒙蔽的例子，即使是最善於思考的頭腦，也難免會有一時卡住的時候。一般人都會有這種過失的，最了不起的是能夠認識到這種過失並加以補救。也許我還能對這次得到挽救的聲譽作些表白。那天晚上，我被一種想法糾纏住了。我當時想起，我曾經發現過一點線索，可能是一句奇怪的話，也可能是一種可疑的現象，但我都沒有給予過多的考慮。後來在天剛亮的時候，我突然想起幾句話來，就是格林向我報告過的殯儀店女老闆說的話。她說過，『應該在這之前就送去的。時間得長一些，因爲和一般的不一樣。』她說的就是棺材。這個棺材和一般的不一樣。這只能是指棺材要按照特殊的尺寸來做。可是爲什麼呢？爲什麼呢？我想起來了：棺材那麼深，裝的卻只是一個如此瘦小的人。爲什麼用那麼大的棺材去裝那麼瘦小的屍體呢？爲的是替另一具屍體騰出地方來。用同一張證明書埋葬兩具屍體。要不是我的思考被蒙蔽了，一切本該是很清楚的。八點鐘就要埋葬法蘭西斯女士。我們惟一的機會就是在棺材搬走之前截住他們。

「發現她還活著的希望很渺茫，但結果表明這畢竟是一次機會。據我所知，這些人從來不進行謀殺。甚至是最後關頭他們也避免使用眞正的暴力。他們埋了她，不露出她死因的跡象。即使把她從地裡挖出來，他們也還是有機會逃脫的。我希望他們能接受這樣的想法。你可以再好好回想一下當時的情景，你看見了樓上的那間小屋，這位可憐的女士就是長期被關在那裡的。他們衝進去用氯仿捂著她的嘴，把她抬進棺材，又往棺材裡倒了氯仿，使她無法甦醒，然後再釘上了棺蓋。這個辦法倒很聰明，華生。在犯罪史上我還是第一次見到。如果我們的冒牌傳教士朋友能從雷斯垂德的手中逃脫，那麼我相信他們以後還是會有出色表演的。」

第七篇　魔鬼之踵

在斷斷續續地記錄一些我和我的親密老友夏洛克·福爾摩斯一起經歷過的，奇怪而有趣的往事的過程中，我不斷地碰到困難，因爲福爾摩斯討厭將自己公之於眾。他性情憂鬱，憤世嫉俗，討厭所有通俗的讚揚，最使他感到好笑的就是將實際的破案報告交給保守的官方人員，然後帶著嘲諷的微笑傾聽公眾言不及意的齊聲祝賀。就我的朋友而言，態度確實如此。當然，也不是沒有一些有趣的材料讓我在以後幾年裡把極少數幾件案情公開。我曾參與他的幾次冒險活動，這給了我一些特權，從而也就要求我慎重行事，保持必要的緘默。

這是上星期二的事情，我十分意外地收到福爾摩斯的一封電報——只要有地方發電報，從來不曾見他寫過信——電文如下：

為何不將我所處理的最奇特的康沃爾恐怖事件公之於眾。

我眞不知道是怎樣的心血來潮使他重新想起了這椿事，或者是一種什麼樣的奇怪念頭促使他要我敘述此事。在他也許會發來另一封取消這一要求的電報之前，我趕緊翻出記載案件確切細節的筆記，在此謹向讀者描述如下：

那是一八九七年春天發生的事。由於持續地從事最精確的工作，福爾摩斯那鐵打的身體也顯得有些支持不住，或許又加上他自己不夠注意，健康情況開始惡化。那年三月，住在哈利街的莫爾．阿加醫生——關於把他介紹給福爾摩斯的戲劇性情節我們改天再說——明確命令這位著名的私家偵探，如果他不想完全垮掉的話，就放下他所有的案件，徹底休息。他並非一點都不在意自己的健康狀況，只是他顯然過於專注於工作。不過，以後永遠不能工作的威脅最終使他聽從勸告，決心改變環境，換換空氣。於是，就在那年初春，我們一起住進了位於康沃爾半島盡頭、波爾都海灣附近的一所小別墅。

這是個奇妙的地方，特別適合我的病人惡劣的心情。我們這座白色的小房子坐落在一處綠草如茵的海岬上。從窗戶往下望去，可以看見整個海灣險要的半圓形地勢，經常有海船在這裡失事。它四周都是黑黝黝的懸崖和被海浪撲打著的暗礁，不知葬送過多少船員的性命。每當北風初起的時候，海灣就露出平靜安謐的樣子，招引著在風浪中飄搖顛簸的船隻前來停歇避風。然後風向突變，猛烈的西南旋風呼嘯襲來，鐵錨被拖起，海岸刮起了下風，一切被滔滔白浪吞沒。聰明的船員總是遠遠避開這片兇險之地。

在陸地上，我們的周圍和海上一樣陰沉。這一帶是連綿起伏的荒野，孤寂陰暗，偶爾出現一個教堂的鐘樓，表明這是一處古老村莊的遺址。在這些荒原上，到處是早已消失的某種族所留下的遺跡。這些遺跡大多已經消失，只留下一些奇怪的石碑，高矮參差的土堆埋有死者骨灰，還有奇形怪狀的土木工事，表明在史前時期這裡曾經發生過戰鬥。此地神秘而魅力無窮，籠罩著被人遺忘的民族的陰森氣息。它激發了我朋友的想像，使他常常在荒原上徘徊，獨自沉思。古代的康沃爾語也吸引了他的注意力。我記得，他曾推斷康沃爾語和迦勒底語同源，大都是做錫交易的腓尼基商人傳來的。他已經收到了一批語言學方面的書籍，正安心研究這一論題。然而，使我憂心忡忡而他卻興致高昂的是，我們突然發覺我們自己，即使在這夢幻般的地方，也還是陷入了一個就發生在我們家門口的困惑之中。這個困惑比那些把我們從倫敦趕到這裡來的任何一個問題都更激烈，更吸引人，更加神秘無比。我們簡單、寧靜和健康的日常生活被粗暴地打斷，我們捲入了一系列不僅轟動了康沃爾，也轟動了整個英格蘭西部的重大事件之中。

許多讀者可能還記得，當年有件叫做「康沃爾恐怖事件」的案子，雖然發給倫敦報界的報導是極不完整的。現在，事隔十三年，我將把這一不可思議的事件眞相公諸於世。

我曾經說過，分散的教堂鐘樓表明康沃爾這一帶地方有零星的村莊。其中距離最近的就是特里丹尼克．沃拉斯小村，在那裡，幾百個小屋環繞著一座長滿青苔的古老教堂。教區牧師朗德黑是位考古學家，福爾摩斯就是因此而與他熟識的。他是個身材魁偉、和藹可親的中年人，對當地情況很有研究。他邀請我們到他的教區住宅裡去喝茶，並認識了莫蒂默．特雷根尼斯先生，一位自食其力的紳士。他租用牧師那座又大又舊的住宅裡的幾個房間，因而多少對牧師微薄的收入有所助益。這位單身漢的牧師，也樂於這樣安排，雖然他同這位房客志趣不投。特雷根尼斯先生又瘦又黑，戴副眼鏡，彎著腰，使人感到他的身體似乎有些畸形。我記得，在我們那次短暫的拜訪過程中，牧師喋喋不休，而他的房客卻內向沉默，滿臉愁容地坐在那裡，眼睛轉向一邊，顯然在想他自己的心事。

就是這兩個人在三月十六日，星期二，闖入了我們的小起居室。那時我們剛吃完早飯，正在抽菸，準備開始我們在荒原上每天例行的閒逛。

「福爾摩斯先生，」牧師說，聲音激動不安，「昨天晚上出了一件奇怪而悲慘的事，從沒聽說過的事。正好你在這裡，眞是天意，因爲在

全英格蘭，你是我們惟一需要的人。」

我不太友好地打量著這位破門而入的牧師，福爾摩斯卻從嘴邊抽出菸斗，在椅子上坐起，像一隻老練的獵犬聽見了呼聲一樣。他用手指了指沙發。我們心驚肉跳的訪客和他那焦躁不安的同伴緊挨著在沙發上坐下來。莫蒂默．特雷根尼斯先生比牧師更鎮定一些，不過他那雙消瘦的手不停地抖動著，黑色的眼珠炯炯發光，表明他其實同牧師一樣驚慌。

「我說，還是你說？」他問牧師。

「唔，看來是你發現的，不管什麼事，牧師也是從你這裡知道的。還是你說比較好。」福爾摩斯說道。

我瞟了一眼衣著不整的牧師，和坐在他旁邊衣冠端正的房客。福爾摩斯幾句簡單的推論使他們驚訝不已，實在好笑。

「還是我先說幾句吧，」牧師說道，「然後你再決定，是聽特雷根尼斯先生講述詳細的情況，還是我們立刻趕往出事現場。那麼，我就說了。我們的這位朋友昨晚同他的兩個兄弟歐文和喬治以及妹妹布藍達在特里丹尼克瓦薩的房子裡。這個房子在荒原上一個古老的石質十字架附近。剛過十點鐘，他就離開了他們。那時他們還在餐桌上玩牌，精力充沛，興致極高。他是早起的鳥兒。今天早上在吃早餐之前，他朝著那個方向走去，被理查醫生的馬車追上了。理查醫生說剛才有人請他趕到特里丹尼克瓦薩去看急診。莫蒂默．特雷根尼斯先生自然與他同行。他到了特里丹尼克瓦薩，就見到那件奇怪的事情。他的兩個兄弟和妹妹仍像他離開時一樣坐在桌邊，紙牌仍然攤開在他們面前，蠟燭燒到了燭架底端。妹妹僵死在椅子上，兩個兄弟分坐在她的兩邊，又是笑，又是叫，又是唱，完全神志不清。三個人——一個死了的女人和兩個發了瘋的男人——他們的臉上都呈現出一種極度驚恐的表情，恐怖的樣子簡直叫人不敢正視。除了老廚師兼管家波特太太以外，沒有別人在那棟房子裡。波特太太說她睡得很熟，晚上沒有聽到任何動靜。沒有東西被偷，也沒有東西被翻過。是什麼恐怖情形能把一個女人嚇死，把兩個身強力壯的男子嚇瘋，眞是完全無法解釋。簡單地說，情況就是這樣，福爾摩斯先生，如果你能幫我們破案，那可就是一件了不起的事。」

本來我滿心希望可以用某種方式把我的同伴引開，回到我們以旅行爲目的的那種平靜之中，可是我一見他緊繃著臉、雙眉緊皺，就知道我的希望落空了。他默默坐了一會兒，專心在思考這打破我們平靜的奇怪的劇情。

「讓我研究一下，」他最後說道，「從表面看，這件案子的性質不太一樣。你本人去過那裡嗎，朗德黑先生？」

「沒有，福爾摩斯先生。特雷根尼斯先生回到牧師住宅說起這個情形，我就立刻和他趕來諮詢你了。」

「發生這個奇怪悲劇的房屋離這裡多遠？」

「往內地方向走大約一英里。」

「那麼我們一起過去看看。不過出發前，我得問你幾個問題，莫蒂默．特雷根尼斯先生。」

特雷根尼斯一直沒有說話。不過，我看出他那竭力抑制的激動情緒，甚至比牧師外露的情感還要強烈。他坐在那裡，面色蒼白，陰沉著臉，焦急地注視著福爾摩斯，兩隻乾瘦的手痙攣地緊握在一起。當他在一旁聽人敘述他的家人遭受的這一可怕不幸時，他蒼白的嘴唇顫動著，黑色眼睛裡似乎反映出當時的恐怖情景。

「你要問什麼就問吧，福爾摩斯先生，」他熱切地說，「說起來是件可怕的事，不過我會如實回答的。」

「談談昨天晚上的情況吧。」

「好的，福爾摩斯先生。正如牧師所說的，我在那裡吃過晚飯，我哥哥喬治提議玩一局惠斯特牌。九點鐘左右，我們坐下來打牌。我離開的時候是十點一刻。我走的時候，他們都圍在桌邊，興高采烈。」

「誰送你出門的？」

「我自己開的門，因爲波特太太已經睡了。我隨手關上了大門。他們那間屋子的窗戶是關著的，窗簾沒有放下來。今天早上門窗仍緊閉著，沒理由認爲有外人進去過。然而，他們卻坐在那裡，被嚇瘋了，布藍達被嚇死了，腦袋垂在椅子扶手上。我將永遠無法忘記那間屋裡的景象。」

「你談到的那些情況的確非同尋常，」福爾摩斯說，「我想，你本人也沒有什麼道理來解釋這些情況吧？」

「是魔鬼，福爾摩斯先生，是魔鬼幹的！」莫蒂默．特雷根尼斯大叫起來，「這不是凡間的事。什麼東西進了那個房間，撲滅了他們的理智之光。凡人怎麼做得到呢？」

「我擔心的是，」福爾摩斯說，「如果這件事是人力所不能及的，當然也是我所無能爲力的。不過，在不得不接受這種理論之前，我們必須盡力尋找一切合乎自然的解釋。至於你自己，特雷根尼斯先生，你和他們分家了吧，要不爲什麼他們住在一起，你自己卻住在別處？」

「是這樣的，福爾摩斯先生，雖然事情已經過去了結。我們一家本來是錫礦礦主，住在雷德魯斯，不過，我們把這個礦轉賣給了一家公司，所以手頭還過得去。我不否認，爲了分錢，我們在一段時間裡感情有點兒不和，不過早已相互諒解，我們一直是最好的朋友。」

「回想一下你們在一起度過的那個晚上吧，你是否能記起什麼可以說明這一悲劇的細節？仔細想想，特雷根尼斯先生，因爲任何線索對我都是有幫助的。」

「什麼也沒有，先生。」

「你的親人情緒正常嗎？」

「再正常不過了。」

「他們是不是有點兒神經質？有沒有顯露出任何危險將至的憂慮情緒？」

「沒有那回事。」

「那麼，你沒有什麼可以幫助我的話可說了？」

莫蒂默．特雷根尼斯認眞地考慮了一會兒。

「我想起一件事，」他說，「當我們坐在桌邊時，我背朝著窗戶，我哥哥喬治和我是對家，他面向窗戶。有一次，我看他一直朝我背後張望，因此我也回轉頭去看。窗簾沒有拉上，窗戶是關著的。我看見草地上的樹叢裡似乎有什麼東西在移動。是人還是動物我都說不上，反正我想那兒是有個東西。我問我哥哥看到了什麼，他說跟我看到的一樣。我所能說的就是這些。」

「你沒去查看一下？」

「沒有，沒把它當一回事。」

「後來你就離開了他們，沒有任何不祥的預感？」

「一點兒也沒有。」

「我不明白你今天早上怎麼會那麼早就得到消息的。」

「我是一個早起的人，習慣在早飯前散步。今天早上我還沒有來得及動身散步，醫生坐著馬車就趕到了。他對我說，波特老太太叫一個小男孩捎急信給他，要他去急救。我跳進馬車，坐在他旁邊，一起上路。到了那裡，我們往那間恐怖的房間看了看。蠟燭和爐火一定在幾個鐘頭之前已經燒完。他們三個人一直坐在黑暗中，直到天亮。醫生說布藍達至少已經死去六個鐘頭。沒有任何遭受暴力的跡象。她斜靠在椅手上，臉上帶著那副恐怖表情。喬治和歐文在斷斷續續地唱著歌，喋喋不休地嚷嚷，就像兩隻大猩猩。啊，看著眞是可怕！我不能忍受，醫生也嚇得臉跟紙一樣慘白，暈倒在椅子上，差點兒死在我們手裡。」

「奇怪——太奇怪了！」福爾摩斯說著站了起來，把帽子拿在手上，「我看，我們最好是到特里丹尼克瓦薩去一趟，不要耽擱。我承認，我幾乎沒見過打一開頭就這麼怪異的案子。」

我們第一天早上的行動沒有給調查帶來什麼進展。不過值得一提的是，剛開始調查時，就有一件意外的事在我腦裡留下很不吉利的印象。通向發生悲劇的地點的是一條狹窄蜿蜒的鄉村小路。正當我們往前走時，聽見一輛馬車嘎吱嘎吱向我們駛來，我們靠路邊站，讓路給它。馬車駛過時，我從關著的車窗裡瞥見一張歪扭得可怕的齜牙咧嘴的臉瞪著我們，那瞪視的眼睛和緊咬著的牙齒從我們面前一閃而過，就像是一個可怕的幻影。

「兄弟們！」莫蒂默·特雷根尼斯叫道，嘴唇都發白了，「這是要把他們送到赫爾斯頓去。」

懷著恐懼的心情，我們看著這輛黑色馬車顛簸遠去。然後我們轉身往他們慘遭不幸的那座凶宅走去。

這是一座寬敞明亮的住宅，是一所別墅而不是鄉村木屋。它有一個很大的花園，在康沃爾的氣候下，這裡已是春色滿園了。起居室的窗子朝向花園。據莫蒂默·特雷根尼斯說，那個惡魔似的東西一定是出現在花園裡，頃刻之間以簡單的恐怖使他們兄弟兩人神智枯竭。福爾摩斯在花園裡沿著小路漫步沉思，然後我們進了門廊。我記得，他當時全神貫注，以致被澆花的水壺絆了一跤，打翻了水壺的水，把我們的腳和花園小徑都打濕了。進了屋，年邁的康沃爾老管家波特太太迎接了我們。在一個小姑娘的協助下，她負責料理所有的家務。她欣然回答了福爾摩斯的問題。晚上，她沒有聽到什麼動靜。她的東家近來情緒非常好，從沒這樣高興過。今天早上，當她走進屋裡見到三個人圍著桌子的可怕樣子，嚇得暈了過去。等她醒過來，就推開窗子，讓清晨的空氣進來，隨即跑到外面小路上，在那裡看見了一個農家小夥子，就叫他去找醫生。如果我們想看看那個死去的小姐，可以上樓，她就躺在樓上自己的床上。她找了四個身強力壯的男子才把兄弟兩人放進瘋人院的馬車。她一天也不想在這屋裡多待，打算當天下午就回聖伊弗斯去和家人團聚。

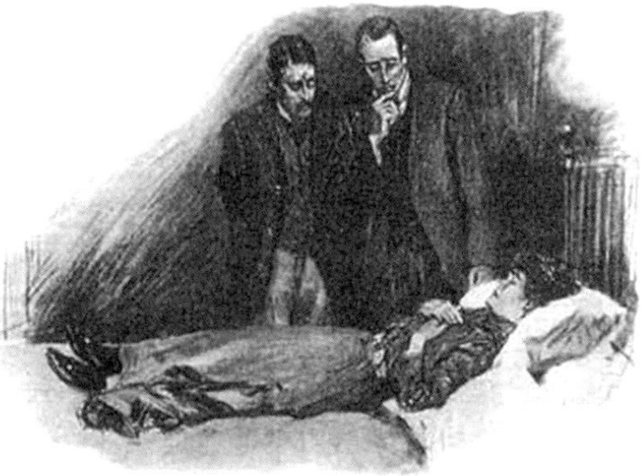

我們上樓看了屍體。布藍達．特雷根尼斯小姐雖然韶華已過，也還算是一位漂亮的女子。人雖死了，那張深色清秀的臉還是很漂亮，可是臉上卻遺留著某種驚恐的痙攣，這是她在死前流露的最後一絲活人的情感。離開她的臥室，我們下樓來到發生這起悲劇的起居室。隔夜的炭灰還殘留在壁爐裡。桌上放著四支燃盡的蠟燭的流質，紙牌散滿桌面。椅子已經搬到靠牆壁的位置，所有其他東西仍是頭天晚上的樣子。福爾摩斯在起居間裡輕快地來回走動。他在那三把椅子上都坐一坐，把椅子拖動一下又放回原處。他試了一下從那兒看花園能看到多大範圍，然後檢查地板、天花板和壁爐。可是，我一次也沒看到他那種兩眼突然發亮、雙唇緊閉的表情。而每當這種表情出現，就表明他已在一團漆黑之中見到一絲光亮了。

「爲什麼生火？」有一次他問道，「春季的夜晚，他們在這間小屋裡總是生火的嗎？」

莫蒂默．特雷根尼斯解釋說，那天晚上又冷又潮，所以他來了之後就生了火。「現在你準備怎麼做，福爾摩斯先生？」他問道。

我的朋友微微一笑，一隻手搭在我的胳膊上。「華生，我想我要繼續研究你經常指責而且指責得很正確的菸草中毒，」他說，「先生們，如果你們允許，我們現在要回到我們的住處，因爲我想這裡不會有什麼新的東西値得我們注意了。我要好好考慮一下這些情況，特雷根尼斯先生，有什麼事，我當然會通知你和牧師的。現在，祝你們兩位日安。」

我們回到波爾湖別墅後很久，福爾摩斯才打破了他那完全專心致志的沉默。他蜷縮在靠椅裡，在繚繞的藍色煙霧中，簡直看不見他那憔悴如苦行僧般的面孔。他深鎖兩道濃眉，額頭緊皺，兩眼空洞茫然。終於他放下菸斗，跳了起來。

「這不行，華生！」他笑著說，「讓我們一起沿著懸崖去走走，尋找火石箭頭。比起尋找這個問題的線索來，我們寧願去尋找火石箭頭。開動腦筋而沒有足夠的材料，就好像讓一部引擎空轉，會轉成碎片的。有了海上空氣，陽光，還有耐心，華生——其他一切都會隨之而來。」

「現在，讓我們來冷靜地確定一下我們的位置，華生，」我們沿著懸崖走著，他繼續說，「讓我們把我們確實知道的一點情況牢牢抓住，以便一旦新的情況出現，我們就可以將它們對號入座。我得承認，首先，你我都不會認爲是魔鬼侵擾了世人。讓我們從把這種想法完全拋開入手。很好。有三個人遭到了某人有意或無意的猛烈襲擊。這是有充分證據的。那麼，這是什麼時候發生的呢？假設莫蒂默·特雷根尼斯先生談的情況屬實，那麼顯然是發生在他離開房間之後不久。這一點非常重要。假定是在他走後幾分鐘之內發生的。牌還放在桌上，已過了平時就寢的時間，可是他們還沒有改變位置，也沒有把椅子推回。我再說一遍，是在他一離開後馬上就發生的，而且不超過昨晚十一點鐘。

「顯然，我們下一步就是要盡可能查清莫蒂默·特雷根尼斯離開房間之後的行動。這方面沒有困難，而且他們也不會懷疑。既然你清楚我的方法，你當然已經意識到了那笨手笨腳地絆倒澆花水壺的計策。因爲這樣，我就得到了他的清楚的腳印，比別的辦法管用得多。印在潮濕的沙土小路上，眞是妙不可言。你記得昨晚也很潮濕，從其他的腳印中判別出他的腳印，從而推測他的行動，這並不困難——因爲我們有了腳印的標本。看來，他是朝牧師住宅那個方向快步走去的。

「假設莫蒂默．特雷根尼斯從現場消失，是外面的某一個人驚動了玩牌的人，那麼，我們怎樣證實這個人，這樣一種恐怖的印象又是怎樣傳達的呢？波特太太可以被排除，她顯然是無辜的。是否有證據證明有人爬到花園的窗臺上，用某種方式製造了可怕的效果，把看到它的人嚇瘋了？提到這方面的想法的只有莫蒂默．特雷根尼斯本人，他說他哥哥看見花園裡有動靜。這的確奇怪，因爲那天晚上下著雨，烏雲密佈，漆黑一團。如果有人有意要嚇唬這幾個人，他就不得不在別人發現他之前把他的臉緊貼在玻璃上。這扇窗子外邊有一個三腳花柵，卻不見腳印。難以想像的是，外面的人怎麼能使屋裡的幾個人產生如此可怕的印象；而我們也沒有找到這種煞費苦心的奇怪舉動究竟是出於什麼動機。你看出我們的困難了嗎，華生？」

「困難是再清楚不過了。」我肯定地回答說。

「但是，只要材料能再多一點兒，我們也許可以證明這些困難不是無法克服的，」福爾摩斯說，「華生，我想你也許可以在你那眾多的案卷中找到某些同樣線索模糊的案例。此刻，我們應該把這個案子擱在一邊，等到有了更加確切的材料再說。把早上還剩下的一點兒時間用來追查一下新石器時代的原始人吧。」

我本想談談我朋友聚精會神思考問題時的那股毅力，可是，在這康沃爾春天的早晨，他卻整整談了兩個鐘頭的蓋爾特人、箭頭和碎瓷器，顯得輕鬆愉快，好像根本沒有什麼不祥的秘密在等著他去解答似的——沒有比這更讓我不解的了。直到下午我們回到住所後，才發現已有一位訪客在等著我們。他立刻把我們的思路帶回到我們正處理著的那件事上。不用介紹我們就都知道這位訪客是誰。巨人般的身材，嚴峻而滿布皺紋的臉上長著一對兇狠的眼睛，鷹鉤鼻，灰白的頭髮差不多要擦到我們小屋的天花板了，腮邊的鬍子是金黃色，靠近嘴唇邊的鬍子則是白色的——除了幾處被他無休止地吸著的雪茄留下的尼古丁染黃之外——所有這一切，無論在倫敦還是在非洲都一樣家喻戶曉，並且只會使人想到這就是偉大的獵獅人兼探險家列昂．斯特戴爾博士。

我們已經聽說他來到這一帶，而且也有一兩次在這荒原小道上望見過他那高大的身影。他沒有走近我們，我們也沒有想到去接近他，因爲眾人皆知，他喜歡隱居。不旅行的時候，他的大部分時間都花在隱藏於布尙阿蘭斯孤寂的森林中的一間小柳條房裡。在那裡，他埋頭於書和地圖，過著絕對孤獨的生活，一心只顧滿足他那簡樸的欲求，從不過問左鄰右舍的事情。因此，當我聽見他以熱情的聲調詢問福爾摩斯在探討這一神秘趣事方面有無進展時，我感到很吃驚。「郡裡的員警完全無計可施，」他說，「不過，或許以你豐富的經驗，已經做出某種可能的解釋。我只想請你相信我，因爲我經常到這裡小住，對特雷根尼斯一家很瞭解——事實上，我母親是康沃爾人，從我母親那邊來算，我可以認他們爲我的表親哩——我當然爲他們的不幸遭遇感到震驚。我可以告訴你，我本來是要去非洲，已經到了普利茅茨。但是今天早上得到消息，我又一路趕回來幫助打聽情況。」

福爾摩斯揚起了眉毛。

「這樣你就誤了船期了吧？」

「我會趕下一班的。」

「哦！這可眞夠交情啊。」

「我剛才說過，我們是親戚。」

「的確不錯——你母親的遠親。你的行李已經在船上了吧？」

「有幾樣行李上了船，不過大部分還在旅館裡。」

「明白了。但是，這件事想來不至於已經上了普利茅茨晨報吧？」

「沒有，先生，我收到了電報。」

「我可以問問是誰發的嗎？」

一絲陰影掠過這位探險家憔悴的臉。

「你可眞能追根究底，福爾摩斯先生。」

「這是我的工作。」

斯特戴爾博士定定神，恢復他那被打亂的鎮靜。

「我告訴你也無妨，」他說，「是牧師朗德黑先生發電報叫我回來的。」

「謝謝。」福爾摩斯說，「我可以這樣來回答你剛才提出的問題：我對這一案件的主線還沒有完全想清楚，但是，得出某種結論還是大有希望的。作更多的說明尙爲時過早。」

「如果你的懷疑已經確有所指，那麼想來你總不會介意告訴我吧？」

「這一點很難回答。」

「那麼，我是在浪費我的時間，也就不必在此久留了。」這位著名的博士走出我們的住宅，似乎極不高興。不到五分鐘光景，福爾摩斯就開始跟蹤他。到了晚上，才見福爾摩斯回來，拖著疲憊的步子，臉色憔悴。我知道，他的調查肯定沒有取得很大進展。他看了一眼一封等著他的電報，把它扔進了壁爐。

「電報是從普利茅茨的一家旅館發來的，華生，」他說，「我從牧師那裡瞭解到旅館的名字，我就打電報去查核列昂·斯特戴爾博士所說是否屬實。看來，昨天晚上他確實是待在那家旅館，確實曾把一部分行李送上船運到非洲去，自己則回到這裡來瞭解情況。對這一點，你怎麼看，華生？」

「他對此事非常感興趣。」

「非常感興趣——對。有一條線索我們還沒有掌握，但它可能引導我們理清這團亂麻。打起精神來，華生，因爲我確信材料還沒全部到手。一旦到手，我們立即就可以使困難迎刃而解。」

我幾乎都沒想過，福爾摩斯的話多久才能實現，以及將爲我們的調查打開一條嶄新出路的新進展又是多麼奇特和險惡。早晨我正在窗前刮鬍子，聽見了嗒嗒的馬蹄聲。抬頭一看，只見一輛輕便的雙輪馬車沿路疾馳而來。它在我們門口停下。我們的朋友——那位牧師——跳下車衝上了我們的花園小徑。福爾摩斯這時已經穿好衣服，於是我們趕快下樓去見他。

我們的客人激動得話都說不清楚了。最後，他一邊吁吁喘氣一邊急切地敘述他悲慘的故事。

「我們被魔鬼纏住了，福爾摩斯先生！我可憐的教區被魔鬼纏住了！」他喊道，「是撒旦親自施展妖法！我們都落入他的魔掌啦！」他手舞足蹈激動萬分。如果不是他那張蒼白的臉和驚恐的眼神，他簡直就是個可笑的小丑。終於他說出了他那可怕的消息。

「莫蒂默．特雷根尼斯先生在晚上死去了，徵狀和他家裡那三個人一模一樣。」

福爾摩斯頓時神采奕奕，猛地站了起來。

「你的馬車可以載我們兩個嗎？」

「可以。」

「華生，我們別吃早餐啦。朗德黑先生，我們完全聽你的安排。快——要快，趁現場還沒有被破壞。」

這位房客佔用了牧師住宅的兩個房間，上下各一間，都在同一邊的角落上。下面是一間大起居室，上面一間是臥室。這兩間房向著一直伸到窗下的打槌球的草地。我們比醫生和員警先到一步，所以現場的一切完全沒有動過。且讓我把我們在這個霧濛濛的三月的早晨見到的情景如實地描繪一下。它給我留下的印象是永遠也無法從我腦海裡抹去的。

房裡的氣氛恐怖而陰沉鬱悶。第一個進屋的僕人把窗子推開了，不然就更加令人無法忍受。這部分可能是因爲房正中的一張桌上還點著一盞冒煙的燈。死人就在桌旁，仰靠在椅子上，稀疏的鬍子豎了起來，眼鏡已推到前額上，又黑又瘦的臉朝著窗口。恐怖已經使他的臉扭曲得不成形了，和他死去的妹妹一樣。他四肢痙攣，手指彎曲，好似死於一陣突發的恐懼。他衣著完整，儘管有跡象表明他是在慌忙中穿好衣服的。我們瞭解到，他在床上睡過，是在凌晨慘遭不幸的。

只要你看見福爾摩斯走進那致命的房間時，一刹那所發生的突然變化，就會意識到他那冷靜外表下面的熱烈活力了。他頓時變得緊張而警惕，眼睛炯炯有神，緊繃著臉，四肢由於渴望行動而發抖。他走到外面的草地上，從窗戶鑽進屋裡，在房間四周巡視，又走到樓上的臥室，簡直像一隻獵狐狗四竄著想要揭開獵物的藏身之所。他在臥室裡迅速地環顧一周，然後推開窗子。這似乎又使他感受到某種新的興奮，因爲他把身體探出窗外，興致勃勃地大聲歡叫。然後，他衝到樓下，從開著的窗口鑽出去，臉朝下摔到草地上，又跳起來，再一次進到屋裡。精神緊繃，好似獵人尋到了獵物

的蹤跡。那盞燈很普通，他卻仔細作了檢查，量了燈盤的尺寸。他用放大鏡仔細查看蓋在煙囪頂上的雲母擋板；他把粘在煙囪頂端外殼上的灰塵刮下來，裝進信封，夾在他的筆記本裡。最後，正當醫生和員警出現時，他招手叫牧師過去。我們三人來到外面的草地上。

「我很高興，我的調查並非一無所獲，」他說道，「我不能留下來同警官討論此事，但是，朗德黑先生，如果你能替我向檢查官致意，並請他注意臥室的窗子和起居室的燈，我將感激不盡。臥室的窗子和起居室的燈每一樣都對我們很有啓發，把兩者聯繫起來，幾乎就可以得出結論。如果警方想進一步瞭解情況，我將樂意在我的住所和他們見面。華生，我想或許我們現在還是到別的地方去看看爲好。」

可能是員警對私家偵探的插手感到不滿，或者是員警自以爲調查另有途徑，不過，可以肯定的是，我們在隨後的兩天裡沒有從員警那裡聽到任何消息。在這段時間內，福爾摩斯待在小別墅裡抽菸、空想。但更多的時間是獨自在周圍散步，一去就是幾個鐘頭，回來之後也不說去過什麼地方。一個實驗使我對他的調查線索有了一些眉目。他買了一盞燈，和發生悲劇的早晨點燃在莫蒂默·特雷根尼斯房間裡的那盞一模一樣。他在燈裡裝滿了牧師住宅所用的那種燈油，並且仔細記錄燈火燃盡的時間。他做的另一個實驗則使人難以忍受，我可能永生不會忘記。

「華生，你記著，」有一天下午他對我說，「在我們收到的各種不同的資訊中，只有一點共同的相似之處。這一點與每一個案件中房間裡的空氣對首先進入案發房間的人的影響有關。你還記得莫蒂默・特雷根尼斯描述他最後一次到他哥哥家裡去的情況嗎?他說醫生一走進屋裡就倒在椅子上了。你忘了?現在,我可以解釋情況的確如此。你還記得女管家波特太太對我們說過,她走進屋裡也昏倒了。後來打開了窗子。第二件案子——也就是莫蒂默・特雷根尼斯自己死了——你不可能忘記當我們走進屋裡時房間裡可怕的鬱悶空氣,儘管僕人已經打開了窗子。經我瞭解後才知道,那個僕人感到身體不適就去睡覺了。你要承認,華生,這些事實非常有啓發性,兩處作案地點都有有毒的氣體的證據,兩處作案的房間裡也都有東西在燃燒著——一處是爐火,另一處是燈。燒爐子是需要的,但是點燈——比較一下耗油量就清楚了——已經是在大白天了,爲什麼呢?當然是因爲這三件事——燃燒,悶人的氣體,最後還有那幾個不幸的人不是發瘋就是死掉——是互相有聯繫的。這一點很清楚,不是嗎?」

「看來是這樣。」

「至少我們可以把這一點看作一種有用的假設。然後,我們再假定,兩案中所燒的某種東西放出一種氣體,導致了奇特的中毒作用。很好。第一起案件中——特雷根尼斯家裡——這種東西是放在爐子裡的。窗子是關著的,爐火自然使煙霧擴散到了煙囪。這樣,中毒的情況就不如第二樁案件那樣嚴重,因爲在第二樁案件的房間裡,煙霧無處逃散。結果似乎表明情況正是這樣,因爲在第一起案件中,只有女的死了,可能是因爲女性的身體較敏感;另外兩個男人顯出短時間或永久的精神錯亂,顯然都是毒藥的初步作用。在第二樁案件中,它則發揮了充分的作用。所以,事實似乎證明是由於燃燒而放出的毒氣所致。

「我在腦海裡進行了這一系列推斷之後，自然會在莫蒂默．特雷根尼斯的房間裡到處查看，找一找有沒有這種東西殘留下來。明顯的地方就是油燈的雲母罩或者是防煙罩。果然不錯，在那裡，我發現了一些灰末，在雲母罩的邊緣發現了一圈沒有燒盡的褐色粉末。你當時看見了，我取了一半放進了一個信封。」

「爲什麼是一半，福爾摩斯？」

「我親愛的華生，我可不能妨礙官方員警的工作。我把我發現的全部證物都留給他們。毒藥還留在雲母罩上，只要他們想到去找。現在，華生，讓我們把燈點上，不過我們得小心先打開窗子，以免兩個有價值的公民提早送掉性命。請你坐在靠椅上靠近打開的窗子，除非你像一個聰明人那樣決定不參與這個實驗。喔，你會堅持到底的，對吧？我想我是瞭解你的，華生。我把這把椅子放在你對面，以便你和我離毒藥保持相同的距離並且可以面對面坐著。房門半開著，你能看著我、我能看著你。一旦出現危險症狀，我們就終止實驗。清楚嗎？好，我把藥粉——或者說剩下的藥粉——從信封裡取出來，把它放在點燃的燈上。就這樣啦！華生，讓我們坐下來，且看情況會怎樣發展。」

情況不久就發生了。我剛坐下就聞到一股濃濃的麝香氣味，微妙但令人作嘔。頭一陣氣味襲來，我的腦筋和想像力就不受控制了。一片濃黑的煙霧在我眼前繚繞，但我心裡還明白，在這種雖然無形、卻正向我受驚的感官猛撲過來的黑煙裡，潛伏著宇宙間一切神秘、恐怖、怪異而不可思議的邪惡東西。模糊的幻影在濃黑的煙雲中旋轉漂移，每一個都是一種威脅，預示著有什麼東西就要出現。一個無法形容的人影來到門前，幾乎要撕裂我的靈魂。一種陰冷的恐怖控制了我。我感到頭髮豎了起來，眼珠向外突出，嘴被迫張開，舌頭像皮革。腦子裡如此混亂，一定有什麼東西折斷了。我試圖喊叫，模模糊糊地意識到自己的聲音是一陣嘶啞的呼喊，離我很遙遠，不屬於我自己。就在這時，我想要跑開，於是衝出那令人絕望的煙雲，看了一眼福爾摩斯的臉，由於恐怖而蒼白、僵硬、呆板——我看到的是死人的模樣。正是這一景象在頃刻之間使我神志清醒，給了我力量。我從椅子上衝了出來，跑過去抱住福爾摩斯。我們兩人一起跌跌撞撞地奔出了房門。很快，我們就一起並排躺倒在外面的草地上，只感覺到明亮的陽光照射那股曾經淹沒我們的地獄般的恐怖煙雲。慢慢地這煙雲從我們的心靈中消散，就像霧氣從山水間消失一樣，直到平靜和理智又回到我們身上。我們坐在草地上，擦了擦我們又濕又冷的前額。兩人會意地互相看望著，端詳我們這場可怕的經歷所留下的最後痕跡。

「說實話，華生！」福爾摩斯說，聲音還在打顫，「我既要向你致謝又要向你道歉。即使是對我本人來說，這個實驗也是不合情理的，對一位朋友來說，就更有問題了。我實在很抱歉。」

「你知道，」我激動地回答，因爲我從來沒有像現在這樣深刻地瞭解福爾摩斯的內心，「能夠協助你，我感到非常高興和格外榮幸。」

他很快就恢復那種半幽默半挖苦的神情，這是他對周圍人們的慣常態度。「親愛的華生，叫我們兩個人發瘋，那可是多此一舉，」他說，「在我們著手如此野蠻的實驗之前，清楚的觀察者肯定早已斷定我們是發瘋了。我承認，我沒有想到效果來得這樣突然，這樣激烈。」他衝進屋裡，又跑出屋來，手上拿著那盞還在燃燒的燈，手臂伸得直直的，然後把燈扔進了荊棘叢中。「一定要讓屋子通通風。華生，我想你對這幾起悲劇是怎樣產生的不再有絲毫懷疑了吧？」

「毫無懷疑。」

「但是，起因卻依然搞不清楚。到這個涼亭裡來，讓我們一起討論一下吧。這個可惡的東西好像還停留在我喉嚨裡。我們必須承認，所有的證據都證明是莫蒂默·特雷根尼斯這個人幹的。他是第一次悲劇的罪魁禍首，雖然他是第二次悲劇的受害者。首先，我們必須記住，他們家裡鬧過糾紛，隨後又言歸於好。糾紛鬧到怎樣仇視的程度，和好又是否虛僞，我們都不得而知。當我想到莫蒂默·特雷根尼斯，他那張狡猾的臉，鏡片後面那兩隻精明的小眼睛，我就不會相信他是一個性情特別寬厚的人。其次，你記得吧，他說過花園裡有動靜之類的話，把我們的注意力從悲劇的眞正起因——他本人——引開了一陣子。他的用心是想誤導我們。最後一點，如果不是他在離開房間的時候把藥粉扔進火裡，還會是誰呢?事情是在他剛離開就發生了。如果另有他人進來，屋裡的人當然會從桌旁站起來。此外，在這寧靜的康沃爾，人們在晚上十點鐘以後是不會外出拜訪的。所以，我們可以這樣說，一切都證明莫蒂默·特雷根尼斯是嫌疑犯。」

「那麼，他自己的死是自殺嘍!」

「唔，華生，從表面上看，這種假設也不是不可能的。一個人給自己家裡帶來如此的災難而自感有罪，也會因爲悔恨而自殺的。可是，這裡有無可反駁的理由來推翻這一假設。幸好，在英格蘭有一個人瞭解全部情況。我已作好安排。我們今天下午就能聽到他親口說出眞情。啊!他提前來了。請走這邊，列昂·斯特戴爾博士。我們在室內做了一個化學實驗，使我們的那間小房不適於接待你這樣一位尊貴的客人。」

我聽到花園的門俫嗒一響，這位偉大的非洲探險家的威嚴身影出現在小路上。他轉過身，有些吃驚地朝我們所在的簡陋的涼亭走來。

「是你請我來的，福爾摩斯先生。我大約在一個鐘頭之前收到你的信。我來了，雖然我確實不知道爲什麼我得遵命前來。」

「我們也許可以在分手之前把事情澄清。」福爾摩斯說，「此刻，我非常感激你以禮相待，願意光臨。請原諒這樣很失禮地在室外接待你。但我和我的朋友華生差點兒爲報紙稱爲『康沃爾恐怖事件』的文稿增添了新的一章，我們目前需要點兒清新的空氣。既然我所不得不討論的事情或許與你本人密切相關，我們還是在一個沒人能偷聽的地方談一談是好。」

探險家從嘴裡取出雪茄，嚴厲地盯著我的同伴。

「我不明白，先生，」他說，「你說你要談什麼事情和我本人密切相關？」

「莫蒂默．特雷根尼斯的死。」福爾摩斯說。

就在這一剎那，我眞希望我是全副武裝著才好。斯特戴爾那張猙獰的臉唰地一下變得暗紅，怒目而視，額上一節一節的青筋都鼓脹起來了。他握緊拳頭衝向我的同伴。接著他又站住，竭力使自己保持一種冷漠而僵硬的平靜。這種樣子看來比他火冒三丈更加危險。

「我長期與野人爲伴，不受法律的束縛，」他說，「因此，我已經習慣制定自己的法律。福爾摩斯先生，你最好還是不要忘記這一點，因爲我並不想加害於你。」

「我也不想加害於你，斯特戴爾博士。當然最清楚的證明就是，儘管我知道了一切，但我還是找你而沒有去找員警。」

斯特戴爾喘著氣坐下了，或許在他的冒險生涯中還是頭一次受到威喝吧。福爾摩斯那種

鎮靜自若的神態具有無法抗拒的力量。我們的客人一時結巴，焦躁使他的兩隻手時而放開時而緊握。

「你是什麼意思？」他終於問道，「如果你想對我進行訛詐，福爾摩斯先生，那麼你可找錯了人。別再拐彎抹角了。你是什麼意思？」

「我來告訴你，」福爾摩斯說，「我之所以要告訴你，是因爲我希望我們能坦誠相待。我的下一步完全取決於你辯解的性質。」

「我的辯解？」

「是的，先生。」

「辯解什麼？」

「對於殺害莫蒂默·特雷根尼斯控告的辯解。」

斯特戴爾用手絹擦擦前額。「說實在的，你越逼越緊了，」他說，「你的一切成就都是依靠這種虛張聲勢的恫嚇嗎？」

「虛張聲勢的是你，」福爾摩斯嚴肅地說，「列昂·斯特蒙爾博士，而不是我。爲了證明，我可以把我的結論所依據的事實說幾件給你聽。關於你從普利茅茨回來，而把大部分財物運到非洲去，我只想提一點，即這首先使我想到，你本人就是構成這一戲劇性事件的重要因素之一！」

「我是回來——」

「我已經聽你說過你回來的理由了，但我認爲那些理由是不能令人信服的，也是不充分的。我們暫且不談這個。你來問我懷疑誰，我沒有答覆你，你就去找牧師。你在牧師家外面等了一會兒，最後回到你自己的住處去了。」

「你怎麼知道？」

「我在你後面跟著。」

「我沒有發現有人跟蹤。」

「既然我要跟蹤你，當然不能讓你看見。你整夜在屋裡坐立難安。你擬定了一些計畫，準備在第二天清晨執行。天剛破曉你就出了房門。你從放在你門邊一堆淡紅色砂礫中拿了幾粒放進口袋。」

斯特戴爾猛然一愣，驚愕地看著福爾摩斯。

「你住的地方離牧師家有一英里。你迅速地走完了這一英里路。我注意到，你穿的就是現在你腳上的這雙起棱的網球鞋。你穿過牧師住宅的花園和旁邊的籬笆，出現在特雷根尼斯住處的窗下。當時天已大亮，可是屋裡還沒人起床。你從口袋裡取出一些小石子，往你頭頂的窗臺上扔。」

斯特戴爾一下站了起來。

「我相信你就是魔鬼！」他嚷道。

福爾摩斯對此讚揚付諸一笑。「在特雷根尼斯還沒有來到窗前的時候，你扔了兩把，也可能是三把小石子。你叫他下樓。他趕忙穿好衣服，下樓到了起居室。你是從窗子進去的。你們見面的時間很短。會見時，你在屋裡來回踱步。後來，你出去，關上了窗子，站在外面的草地上，抽著雪茄注視屋裡發生的情況。最後，等到特雷根尼斯死了，你就又從來路回去了。現在，斯特戴爾博士，你怎麼能證明你的這種行爲是正當的呢？還有，行爲的動機何在？如果你支吾搪塞，或者是胡言亂語，我向你保證，這件事就永遠不會由我經手了。」

聽了主控人的這番話，我們的客人臉色蒼白。他呆坐在那裡，雙手蒙住臉。突然一陣衝動，他從前胸口袋裡取出一張照片，扔到我們面前的一張粗糙的石桌上。

「我那樣做，就是爲了這個。」他說。

這張照片裡有一個非常美麗的女人。福爾摩斯彎腰看那張相片。

「布藍達·特雷根尼斯。」他說。

「對，布藍達·特雷根尼斯。」客人重複了一遍，「多年來，我倆相愛。這就是人們所驚奇的我，在康沃爾隱居的秘密所在。隱居使我接近這世界上我最心愛的人。我不能娶她，因爲我有妻子。她離開了我多年，可是根據這可悲的英格蘭法律，我不能同她離婚。布藍達等了好些年。我也等了好些年。現在，這就是我們等待的結果。」一陣沉痛的嗚咽使他那巨大的身軀開始抽搐。他用一隻手捏住他那花斑鬍子下面的喉嚨。他竭力控制住自己的情緒，繼續往下說：

「牧師知道。他知道我們的秘密。他會告訴你，她是一個人間天使。因此，牧師打電報告訴我，我就回來了。當我得知我的心上人遭到這樣的不幸時，行李和非洲對我又算得了什麼？在這一點上，福爾摩斯先生，你並不知道我行動的原因。」

「說下去。」我的朋友說。

斯特戴爾博士從口袋裡取出一個紙包，放在桌上。紙上寫著「Radixpedis diaboli」幾個字，下面蓋有一個表示有毒的紅色標記。他把紙包推給我。「我知道你是醫生，先生。這種藥劑你聽說過嗎？」

「魔鬼之踵！沒有，從來沒聽說過。」

「這不在你的專業知識之內，」他說，「因爲我相信除了放在布達的實驗室裡的一個標本外，在歐洲再沒有別的標本了。藥典裡和毒物藥學上都還沒有記載。這種根，長得像一隻腳，一半像人足，一半像羊蹄，於是一位研究植物學的傳教士就給它取了這麼一個奇怪的名字。西部非洲一些地區的醫生把它當作犯罪判決法的毒物，嚴加保密。我是在很特殊的情況下在烏班吉地區得到這一特殊標本的。」他邊說邊打開紙包。紙包裡露出一堆像鼻菸一樣的黃褐色藥粉。

「還有呢，先生？」福爾摩斯嚴肅地問道。

「我會告訴你一切已經發生的事實的，福爾摩斯先生，因爲你已經知道了這麼多明顯與我利害攸關的事情，應當讓你知道全部情況。我和特雷根尼斯一家的關係，我已經說過了。由於他們的妹妹的關係，我和他們兄弟幾人友好相處。家裡為錢發生過爭吵，因而使莫蒂默與大家疏遠。據說又和好了，所以後來我對他就像我對另外幾個兄弟一樣。他陰險狡猾，詭計多端，有好幾件事使我對他起了疑心，但是，我沒有任何和他正面爭吵的理由。

「兩個星期前，有一天，他到我住的地方來。我拿出一些非洲古玩給他看。我也把這種藥粉給他看了，並且把它的神奇藥效告訴了他。我告訴他，這種藥會如何刺激那些支配恐懼情緒的大腦中樞，還有它是如何使那些非洲的一些不幸受到部落祭司犯罪判決法審判的土人當場被嚇瘋嚇死的。我還告訴他，歐洲的科學家要檢驗分析它是多麼的無能為力。我不知道他是怎樣拿到的，因為我一直沒有離開房間。但有一點是毫無疑問的，他是在我打開櫥櫃，俯身去翻箱子的時候，偷偷取走了一部分魔鬼之踵。我記得很清楚，他接二連三地問我產生效果的用量和時間。可是，我怎麼也沒有想到他問這些是心懷鬼胎的。

「我一直沒把這件事放在心上。直到我在普利茅茨收到牧師打給我的電報，才想起這一點。這個壞蛋以為在聽到消息之前，我早已出海遠去了，並且以為我一到非洲，就會好幾年沒有音信。可是，我馬上就回來了。當然，我一聽到詳細情況，就覺得肯定是使用了我的毒藥。我來找你，指望你會做出某種其他的解釋。可是，沒有其他的可能。我深信莫蒂默·特雷根尼斯是兇手；我深信他謀財害命。如果家裡的人都精神錯亂了，他就成了共有財產的唯一監護人。他對他們使用了魔鬼之踵，害瘋了兩個，害死了他的妹妹布藍達——我唯一最心愛的人，也是唯一最愛我的人。他犯了罪，應當受到怎樣的懲罰呢？

「我應當訴諸法律嗎？我的證據呢？我知道事情是眞的，可是我能使一個由鄉民們組成的陪審團相信這樣一段離奇古怪的故事嗎？也許能，也許不能。但我不能失敗。我的靈魂呼喚我要復仇。我對你說過一次，福爾摩斯先生，我的一生從沒受過法律的約束，但我有一套自己的法律。現在正是這樣。我認爲，他使別人遭到的不幸也應該降臨到他自己的頭上。要不然，我就親自主持公道。眼下，在英格蘭沒有人比我更不珍惜自己的生命了。

「我把一切都告訴你了。其餘的情況你本人都知道了。正如你所說，我度過了一個坐立難安的夜晚，一大早就出了家門。我預計，很難把他叫醒，於是我從你提到的石堆裡抓了一些小石子，用來扔他的窗子。他下樓來，讓我從起居室的窗口鑽進去。我當面揭露了他的罪行。我對他說，我來找他，既是法官又是死刑執行人。這個無恥之徒見我拿著手槍，嚇得癱倒在椅上。我點燃了燈，灑上藥粉。我站在窗戶外邊，如果他試圖逃走，我就給他一槍。不到五分鐘他就死了。啊，天哪！他死啦！可是，我的心堅如鐵石，因爲他沒有同我那無辜的心上人一樣，受到那麼多的痛苦。這就是我的故事，福爾摩斯先生。如果你愛上一個女人，或許你也會這樣做的。不管怎麼說，我聽候你的處置。你願意怎麼辨就做吧。我已經說了，沒有哪一個活著的人能比我更不畏懼死亡。」

福爾摩斯默默不語地坐了一會兒。

「你有什麼打算？」他最後問道。

「我原想使自己老死在中非。我在那裡的工作只完成了一半。」

「去進行剩下的一半吧，」福爾摩斯說，「至少我不會阻止你。」

斯特戴爾博士站了起來，嚴肅地彎下他魁梧的身材致意，離開了涼亭。福爾摩斯點燃菸斗，把菸絲袋遞給我。

「沒有毒的菸可以換換口味，使人愉快，」他說，「華生，我想你一定會同意，這個案件不用我們去干預了。我們的調查是獨立的，我們的行動也是獨立的。你不會去告發這個人吧？」

「當然不會。」我回答說。

「華生，我從來沒有戀愛過。不過，如果我愛過，而我所愛的女子遭此禍事，我也許甚至會像我們這位目無法紀的獵獅人一樣。誰知道呢？當然，華生，我不會向你嘮叨地解釋一些非常明顯的事情，免得你以爲我小看了你的智商。窗臺上的小石子當然是進行研究的起點。在牧師住宅的花園裡，小石子顯得不同其他。直到我注意到斯特戴爾博士和他住的村舍時，我才發現一些東西和那些小石子極其相似。大白天燃著的燈和留在燈罩上的藥粉是這一相當明顯的線索上，兩個緊密相連的環結。親愛的華生，現在，我想我們可以不去管這件事了，可以問心無愧地回去研究迦勒底語的詞根了，而這些詞根肯定可以從偉大的凱爾特方言的康沃爾分支裡找到。」

第八篇　最後致意

有史以來最可怕的八月二號晚上九點，人們仿佛已經感到了上帝的詛咒彌漫在這個墮落的世界中，因爲在悶熱污濁的空氣中彌漫著一種可怕的寂靜，人們似乎在茫然期待著什麼。太陽早已西下，但天際仍有一道血紅色的裂縫，好像裂開的傷口。天空中星光燦爛，天幕下船隻燈火閃爍。兩位著名的德國人站在花園人行道的石欄旁邊，他們身後是一長排低矮的山形牆房屋。他們眺望著下面白堊巨崖腳下的那一大片海灘。四年前，曾像一隻山鷹四下遊蕩的馮·鮑克，就棲落在這處懸崖上。他們頭靠頭站在那裡，小聲進行著密談。從下面看那兩個發光的菸頭就像是惡魔的兩隻眼睛，在黑暗中無聲地燃燒著，窺視著。

馮·鮑克是位傑出的人物。在所有效忠德國皇帝的間諜中堪稱出類拔萃。由於他的才幹，首先被派到英國執行一項最爲重要的任務。但自從他接受任務後，他的才幹愈發明顯地顯露在世界上那幾個眞正瞭解眞相的人面前，其中一人就是他目前的同伴、公使館首席秘書馮·赫林男爵，男爵那輛一百馬力的大型賓士轎車正停在鄉間小巷裡等著把主人載回倫敦去。

「根據我對事態的判斷，你很可能在本週內就可以回柏林了，」秘書說，「等你回到那，親愛的馮．鮑克，你將會對所受到的歡迎感到驚訝。國家最高當局對你在這個國家的工作評價，我已略有耳聞。」秘書身材高大，虎背熊腰，口音緩慢而深沉，這是他政治生涯中主要的資本。

馮．鮑克笑了。

「這國家的人並不難騙，」他說道，「沒有比他們更溫良單純的人了。」

「我倒不知道這一點，」秘書若有所思地說，「他們有一些奇怪的點，我們必須學會遵守。他們這種表面上的簡單對一個陌生人恰是一個陷阱。他們給人的第一印象是他們非常溫和，然後你卻會突然遇到非常棘手的事，就會知道自己已經觸到了底限，這時必須使自己適應現實。例如他們有狹隘的習俗，這些習俗是必須要遵守的。」

「你是指像『正確的禮儀』之類的東西嗎？」馮．鮑克像飽嘗苦頭似的歎了一口氣。

「我說的是那些五花八門稀奇古怪的英式偏見。就我犯過最大的一次錯誤來說吧——我不避諱提及我的錯誤，因爲你充分瞭解我的工作，知道我取得的成就。當時我是第一次到這裡，我受邀去參加一位內閣大臣在鄉間別墅裡舉行的週末聚會，那裡的談話隨意得令人吃驚。」

馮．鮑克點點頭。「我去過那裡。」他漠然地說。

「的確。我自然向柏林作了簡要的情報報告。不幸的是我們那位好首相對這種事有些大意，他在廣播談話時顯示出他清楚那次聚會的內容。這樣一來，當然就查到我頭上了。你不知道這給我帶來了多大損失。我告訴你，我們的英國主人們在這種情況下可一點兒也不溫和。我花了兩年時間才消除了這次的影響。而你，用這副運動姿態——」

「不，不，別把它叫做姿態，姿態是後天假裝的。而我天生就是個運動家，是自然的，我喜歡運動。」

「好啊，那將會更有效了。你和他們賽艇，和他們一起打獵，打馬球，和他們在各項運動中都有比賽，你的單人四馬車賽在奧運會是得過獎的。我甚至還聽說你曾和年輕軍官們比試過拳擊。結果怎麼樣？沒有人注意你。在英國人眼裡，你是個『運動行家』，『作爲德國人來說算得上是一個體面的傢伙』，一個酗酒、上夜總會尋樂、到處遊逛並且不拘小節的小夥子。有誰會想到，這所安靜的鄉村住宅一直是個策劃英國破壞活動進行的中心；而你這位愛好體育的鄉紳，居然是歐洲最狡猾的特工人員。天才，我親愛的馮．鮑克，你眞是一個天才！」

「男爵，你過獎了。不過的確我敢說，我在這個國家的四年還是有收穫的。我還沒有給你看過我那個小庫房。你願意進去待一會兒嗎？」

書房的門直接通往臺階。馮．鮑克推開門，在前面帶路。他打開電燈，然後等到跟在他身後的那個大塊頭也進來後，隨即把門關上。他仔細地用厚厚的窗簾蓋住了花格窗。等到完成所有這些防範措施後，他才把那張曬得黝黑的俊臉轉向他的客人。

「有些資料已經不在了，」他說，「部分不很重要的資料，昨天我妻子帶家人到福魯辛去的時候帶走了。其餘的資料，我理所當然地要請求使館予以保護。」

「你的名字已列入私人隨員名單中，你和你的行李不會遇到麻煩。當然，我們也可能不必離開。英國可能讓法國聽天由命。我們可以肯定英法之間沒有簽訂約束性的條約。」

「比利時呢？」

「是的，比利時也一樣。」

馮．鮑克搖搖頭。「我不明白怎麼可以這樣。白紙黑字的條約在那裡擺著。比利時永遠也無法擺脫這一屈辱了。」

「它目前至少可以保住和平。」

「但它的榮譽呢？」

「嗤！我親愛的先生，我們是生活在一個功利主義時代，榮譽是中世紀的觀念了。況且英國沒有準備。即便是我國那高達五千萬的戰爭特別稅——使我們的目的就像在《泰晤士報》頭版上做廣告一樣清楚，也沒有喚醒英國人，這很不可思議，但的確如此。到處都在談論這個疑問，我要做的就是去尋找答案；到處都再產生怒氣，我的任務就是使怒氣平息下來。不過，我可以保證，在關鍵問題上——軍需品的儲備，反潛水艇襲擊的準備，製造強烈炸藥的安排——一切都毫無準備，英國怎麼可能參戰呢？何況我們又挑起了愛爾蘭內戰，一片混亂，英國尚且自顧不暇呢。」

「它必須考慮自己的前途。」

「啊，這是另外一碼事。我想將來我們對英國將有非常明確的計畫，而你提供的情報對我們是至關重要的。對於英國來說，過得了今天過不了明天。如果他要今天翻臉，我們已經做好了萬全的準備；如果他願意拖到明天，我們的準備會更加充分。我倒認爲，英國應當和盟國一起作戰，不過這是他們自己的事。這個星期將決定他們的命運。不過你剛才談到了你的文件。」他坐在靠椅裡，悠然自得地吐著雪茄菸圈，燈光照在他光禿禿的大腦袋上。

這是一個鑲有橡木護牆板、四周都是書架的大房間，遠處的角落掛著一個簾子。拉開簾子，露出一個巨大的黃銅保險櫃。馮·鮑克從錶鏈上取下一支小鑰匙，在鎖上弄了好一陣子才打開了沉重的櫃門。

「看！」他說，站在旁邊用手指了指。

保險櫃裡邊被燈光照得通亮，使館秘書聚精會神地凝視著櫃裡那一排排堆得滿滿的分類架。每個分類架上都有一個標籤。他放眼望去，看到的是一長串標題，如「淺灘」、「港口防禦」、「飛機」、「愛爾蘭」、「埃及」、「普茨茅斯要塞」、「海峽」、「羅塞斯」等等。每一格都裝滿了文件和計畫。

「眞了不起！」秘書說道。他放下雪茄菸，兩隻胖手輕輕地鼓著掌。

「男爵，這一切花費了我四年的光陰。這對一個嗜愛飲酒和騎馬的鄉紳來說，還算過得去吧。不過我收藏的珍品就要到了，並且我已爲它準備好了位置。」他指向一個空格，這個空格上面印著「海軍信號」的字樣。

「可是那裡已經有了一份很好的卷宗材料了。」

「過期了，已成廢紙。海軍部已經察覺，更換了全部的密碼。這是一次打擊，男爵——是整場戰役中我遭受最糟糕的失敗。但由於我有支票簿和好幫手阿爾塔蒙特，今晚一切仍將順利。」

男爵看看錶，失望地歎了口氣。

「唉，我不能再等了。你可以想像目前在卡爾頓大院裡正在進行的事情有多重要。我們必須各司其職。我本希望能把你獲得的重要情報帶回去。你和阿爾塔蒙特沒有定好時間嗎？」

馮·鮑克翻出一封電報。

今晚不見不散，且會帶上火星塞。

阿爾塔蒙特

「火星塞，嗯？」

「他裝成懂汽車的行家，我開汽車行。在我們的聯絡暗號中，每件事都是用汽車配件命名的。如果他說散熱器，指的就是戰列艦，說油泵，指的就是巡洋艦，火星塞是指海軍信號。」

「正午從普茨茅斯來的，」秘書邊說邊查看姓名地址，「對了，你將給他多少報酬？」

「這件事付他五百鎊，當然他還有工資。」

「貪婪的無賴。這些賣國賊是有利用價值的。但是給他們這麼多的賞錢，我不甘心。」

「對於阿爾塔蒙特我什麼都捨得，因爲他工作出色。用他自己的話說，只要我給他的報酬夠多，他就可以提供貨物。另外他也不是賣國賊。我向你擔保，我們最激烈的泛日爾曼容克貴族在對待英國的感情方面，和一個眞正激進的愛爾蘭血統的美國人相比，只不過是一隻幼鴿。」

「哦，愛爾蘭血統的美國人？」

「你要是聽他談話，你對這一點將毫無疑問。說實話，有時候我也無法理解他。他好像不僅對英格蘭的國王宣戰，同時也對英王的英格蘭宣戰。你一定要走嗎？他隨時都可能會到的。」

「不等他了，對不起，我已經待太久了。我們明天一早等著你。等你從約克公爵臺階下的小門裡拿到那本信號簿時，你在英國的使命就圓滿結束了。哦！匈牙利葡萄酒！」他指向一個緊封的、蓋滿灰塵的酒瓶，酒瓶旁邊的託盤裡放著兩隻高腳酒杯。

「在你啓程之前，我請你喝一杯怎麼樣？」

「不了，謝謝。看樣子你是要痛飲一番的。」

「阿爾塔蒙特愛喝酒，尤其是喜歡我的匈牙利葡萄酒。他是個急脾氣的小夥子，需要在小事情上適當縱容他一下。我向你保證我得好好研究他。」他們又來到了外面的臺階上。臺階的另一頭，男爵的司機踩動了發動機，那輛大轎車發出了隆隆聲並晃動了起來。

「我想那邊是哈威奇的燈火吧，」秘書邊說邊穿上了風衣，「一切都顯得如此寂靜祥和。一個星期之內也許就會出現另外的火光，英國海岸也就不會這般寧靜了！如果齊柏林（德國人齊柏林發明的飛船）對我們的承諾能成為現實，那麼就連天空也不會太平了。咦，那是誰？」

他們身後只有一個窗子露出燈光，屋裡放著一盞燈，燈旁的桌子邊坐著一位面色紅潤，頭戴鄉村小帽的老年婦女。她彎著身正在織東西，不時地停下來撫摩她身邊凳子上的一隻大黑貓。

「那是我惟一留下的僕人瑪莎。」

秘書抿著嘴笑了。

「她專心致志且悠閒自在，幾乎可以說是不列顛的化身，」他說，「嗯，再見吧，馮·鮑克！」他揮揮手上了車。片刻之後，兩道金色光柱從車頭燈穿透黑暗射了出來。秘書靠在豪華轎車的後座上，一直都在想著就要發生的歐洲悲劇，因此他甚至沒有注意到他的汽車在鄉村街道上左彎右拐的時候差點撞上迎面開來的一輛小福特汽車。

當車燈的亮光在遠處漸漸消失時，馮·鮑克才慢慢踱向書房。當他經過時，他注意到老管家已經熄燈就寢了。寬闊的住宅裡一片寂靜和黑暗，這對他來說是一種新的經歷，因為他曾經有很多家人。家人都平安無恙，除了那個在廚房裡做事緩慢的老婦人外，他獨佔這個地方，這些使他感到欣慰。書房裡很多東西都需要整理，他開始著手整理起來，他那生動俊美的臉龐被燃燒文件的火光映得通紅。一個皮製旅行包放在桌旁，他開始有條不紊地把保險櫃裡的貴重物品放進皮包。但他剛開始動手，他那靈敏的耳朵就聽到了遠處的汽車聲。他馬上滿意地舒了一口氣，拴好皮包，鎖好保險櫃，然後快步向外面的臺階走去。他出來時正好看見一輛小汽車在門前停下。一個人從車裡跳出來，急速向他走來。車裡那位一臉灰白鬍子的司機已經上了年紀，但身體還很硬朗，坐在那裡像是要準備值夜班似的。

「怎麼樣？」馮·鮑克急切地邊問邊向來客迎上去。

作爲回答，來客得意洋洋地把一個黃紙小包舉過頭頂揮動著。

「先生，今晚你可要歡迎我，」他喊道，「我終究不辱使命。」

「是有關信號嗎？」

「和我在電報裡所說的東西一樣。什麼都有，信號機，燈光密碼，馬可尼式無線電報——不過聽著，這些都是複製品，不是原件，拿原件太危險了，不過你可以放心，都是眞貨。」他顯得很親熱地拍了拍德國人的肩膀，德國人對這種親密感到不太習慣。

「進來吧，」他說，「屋裡就我一個人，我等的就是這個。當然複製品要比原件好。如果原件丟了，他們將會全部更換這些資料的。你認爲複製品可信嗎？」

這個愛爾蘭籍美國人進了書房，攤開長長的四肢坐在靠椅上。他六十來歲，又瘦又高，面貌清臒，蓄有一小撮山羊鬍子，使他像山姆大叔的漫畫像。他嘴角叼著一根抽了一半、被唾沫浸濕的雪茄。坐下來以後，他劃了根火柴又點燃了菸。「準備搬走了嗎？」他邊說邊向四周打量著，

「喂，先生，」他又說道，現在保險櫃前面的幕簾被拉開了，他把目光落在保險櫃上，「你別告訴我你把文件放在這裡面？」

「爲什麼不放在那裡呢？」

「唉，放在這麼一個大敞著的玩意裡面！他們會認爲你是個間諜的。唉，一個美國盜賊用一把開罐頭的小刀就能打開它。我要是知道我的來信都被放在這樣一個不保險的地方，我才不會這麼傻寫信給你呢。」

「任何賊都打不開這個保險櫃，」馮・鮑克回答說。「無論什麼工具都鋸不斷這種金屬。」

「那麼鎖呢？」

「也沒有辦法弄開。有兩層鎖。你知道是怎麼回事嗎？」

「不知道。」美國人說。

「要把鎖打開，首先得知道某個字和一套數字。」他站起來指著鑰匙孔周圍的雙層圓盤，「外面一層是撥字母，裡面一層是撥數字的。」

「哦，哦，很好。」

「所以它並不像你想的那麼簡單。我四年前請人特製的。你認爲我選的字和數字怎麼樣？」

「我不懂你的意思。」

「哦，我選的字是『八月』，數字是『一九一四』，看這兒。」

美國人臉上露出了驚奇和欽佩的神色。

「哦，這東西眞神奇！你這東西眞好。」

「是啊，當時只有幾個人才能猜出該日期。現在你也知道了，明天早上我就關門不幹了。」

「那麼，我想你也要安頓一下我呀。我可不願意一個人待在這個該死的國家裡。依我看，用不了一個星期，約翰牛就要後腿站立蹦跳著發怒了。我倒很想到海那邊去瞧瞧熱鬧。」

「可你是美國公民呀？」

「哦，傑克．詹姆斯也是美國公民，照樣在波特蘭坐牢。對英國員警說你是美國公民沒什麼屁用。員警會說：『這裡是英國法律和秩序生效的地方。』對了，先生，說起傑克．詹姆斯，我覺得你並沒有盡力掩護你的人。」

「你這是什麼意思？」馮．鮑克嚴厲地問。

「嗯，你是他們的頭兒，不是嗎？你應該有責任不讓他們失敗。可是他們確實失敗了，你什麼時候救過他們呢？就說詹姆斯吧——」

「那是詹姆斯自己的錯。你也知道這點。他不適合幹這一行，因爲他太愛自作主張了。」

「詹姆斯是個笨蛋——我承認。但霍裏斯呢？」

「他是個瘋子。」

「噢，他到最後是有點兒糊塗。他從早到晚和一百多個，時刻準備使用員警的辦法對待他的傢伙打交道，這也足夠讓人發狂了。不過現在是斯泰納——」

馮·鮑克大吃一驚，臉色由紅變白。

「斯泰納怎麼了？」

「哦，他被逮住了，就這樣。昨天夜裡，他們突襲了他的店鋪，連人帶資料都被帶進了普茨茅斯監獄。你一走了之，他這個可憐蟲卻還得吃苦頭，能保住命就算他幸運了。這就是爲什麼你一過海，我也要過海去。」

馮·鮑克一向堅強且有自制力，但是顯然對這個消息深感震驚。

「他們怎麼會抓住斯泰納的？」他喃喃地說，「這是個最嚴重的打擊。」

「哦，你差點兒碰上更糟糕的事呢，因爲我相信他們很快就會來抓我了。」

「不會吧！」

「肯定。我在福萊頓路上的房東太太弗雷頓受到查問。我一聽說此事，就估計是抓我的時候了。不過，先生，我想知道員警是怎麼知道這些事的？自從我和你簽約做事以來，斯泰納是你損失的第五個人了。如果我不抓緊時間的話，我知道第六個人會是誰。你怎麼解釋這一點呢？你眼看著手下一個個失敗難道不感到羞愧嗎？」

馮·鮑克的臉漲得通紅。

「你怎麼敢說這樣的話？」

「我要是膽小怕事，先生，我就不會爲你效力了。但是我直接了當告訴你我心裡的想法。我聽說你們這些德國政客在每一名諜報人員完成任務後，你們就會很自然地把他們給甩了。」

馮．鮑克跳了起來。

「你竟敢說我是出賣自己人的諜報人員！」

「我不是這個意思，先生，反正總有一個誘餌或一個騙局。你們應該把這些問題弄清楚。不管怎麼說，我不想再冒險了。我要到小荷蘭去，越快越好。」

馮．鮑克強壓著怒氣。

「我們曾經合作過這麼長的時間，在即將勝利的時刻不應該發生爭吵，」他說，「你的工作很出色，也冒了許多風險，我不會忘記這一切。設法先到荷蘭去，然後再從鹿特丹坐船去紐約。下個星期之內，別的航線都不安全。我要將那本書，將它同別的東西包在一起。」

這位美國人手裡拿著那個小包裹，但並沒有交出去的意思。

「錢呢？」他問道。

「什麼？」

「現款，酬金，五百鎊。那個槍手在最後他媽的眞討厭，我只好答應再給他一百鎊清賬，要不對你我都沒有好處。『沒法子！』他說，他說的也是實話。不過這最後一百鎊起了作用。總共花了我兩百鎊。所以，不給錢就叫我交出東西恐怕不行吧。」

馮．鮑克苦笑了一下。「看來你對我的信譽評價不高，」他說，「你想拿到錢後再給我書？」

「唔，先生，這是做生意的規矩嘛。」

「好吧！照你說的做。」他在桌邊坐下，從支票簿上撕下一張支票，在上面快速地劃了幾下，但是並沒有立即交給他的同伴。「終究，阿爾塔蒙特先生，你我的關係變成了這樣，」他說，「我想你既然不信任我，我也不會信任你了。明白嗎？」他轉過頭看著那位美國人，繼續說道，「支票在桌子上。在你拿錢之前，我有權檢查你的紙包。」

美國人什麼也沒有說就把紙包遞了過去。馮．鮑克解開繩子，打開了兩層包裝紙。然後，他吃驚得張大了嘴巴，坐在那裡盯著他面前的那本藍色小書，一句話也說不出來。書的封面上印著金字：《養蜂實用手冊》。剛瞪眼看了一會兒這個與諜報毫不相關的奇怪書名，這個間諜頭子的後頸就被一隻手死死掐住了。一塊浸有氯仿的海綿捂在他那張扭曲的臉上。

「再來一杯，華生！」福爾摩斯說著

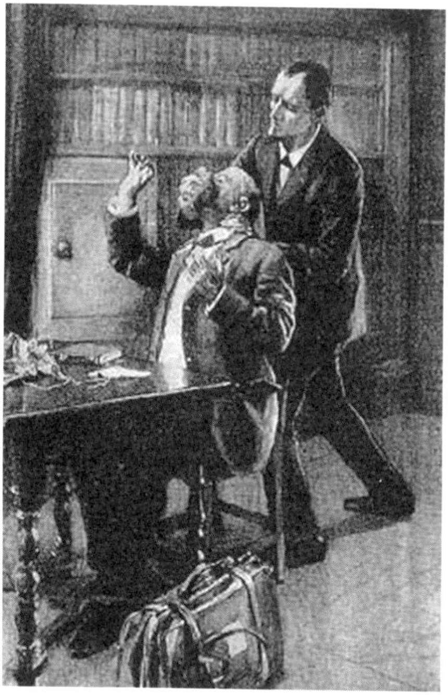

舉起了一瓶帝國牌葡萄酒。

那一直坐在桌旁的壯實司機連忙遞酒杯過去。

「好酒，福爾摩斯。」

「不是一般的酒，華生。躺在沙發上的這位朋友曾向我保證，這酒是從德皇弗朗茲．約瑟夫的申布龍宮酒窖裡運來的。勞駕開開窗子，氯仿的氣味會影響我們對酒的品嘗。」

保險櫃的門半開著。站在櫃前的福爾摩斯取出一本本的卷宗，逐一迅速地進行檢查，然後把它們整齊地放進馮．鮑克的提包裡面。那個德國人正躺在沙發上沉睡不醒，鼾聲如雷，胳膊和雙腿分別被兩根皮帶綁著。

「別急，華生。我們不會被人打擾的。你按一下鈴，好嗎？這座房子裡除了瑪莎老太太外就沒有別人了。我們應該欽佩瑪莎在這件事中所起的作用。我在開始著手處理這件事時，就告訴了她這裡的情況。啊，瑪莎，妳聽了一定會高興，一切都很順利。」

那位滿臉愉快的老太太出現在走廊上。她面帶微笑地向福爾摩斯行了屈膝禮，又略帶不安地看了一眼沙發上的那個人。

「沒什麼事，瑪莎，他沒有受到一點傷害。」

「我很高興，福爾摩斯先生。他有知識，是個和善的主人。昨天他還想讓我和他的妻子一起到德國去，那樣的話就不能配合你的行動計畫了，是吧，先生？」

「是的，瑪莎。只要有妳在這兒，我就不緊張了。今晚我們等妳的信號等了有一陣子。」

「當時秘書在這兒，先生。」

「我知道。他的汽車當時和我們迎面錯過。」

「我還以爲他會一直待下去呢。先生，我覺得他在這兒的時候，實在不合適發信號給你。」

「對，的確如此。哦，當時我們等了大約半個小時才看見妳屋裡的燈熄滅了，知道沒有什麼問題了。瑪莎，妳明天可以去倫敦的克拉瑞治飯店向我詳細報告。」

「好的，先生。」

「我想妳準備好離開了吧？」

「是的，先生。他今天寄了七封信。我都照往常一樣記下了地址。」

「好極了，瑪莎。明天我將會仔細地查看它們，晚安。」福爾摩斯等老太太的身影消失後接著說，「這些文件不很重要，因爲文件所提供的情報顯然很早以前德國政府就已經弄到手了。這些是不能從這個國家安然無恙地弄出去的原件。」

「那麼說，它們沒什麼用了？」

「也不能這麼說，華生。文件至少可以向我們的人表明德國政府已經知道了什麼以及還不知道什麼。可以說我經手過許多這類文件，不用說，它們根本都不可靠。如果能看到一艘德國巡洋艦根據我提供的佈雷區域圖航行在索倫海上，將是我晚年不勝榮耀的事。但是你，華生——」他停下工作，手搭在老朋友的肩上說道，「我還沒有顧得上好好看看你呢。這幾年你有沒有什麼變化？你看上去還是和過去一樣像個愉快的小夥子。」

「福爾摩斯，當我收到你要我開車到哈裏奇去見你的電報時，感覺自己起碼年輕了二十歲。我很少那樣高興過。可是，福爾摩斯，你卻是眞的沒什麼變——除了那滑稽的山羊小鬍子之外。」

「這是我個人爲國家做出的一點小犧牲，華生，」福爾摩斯說著捋了捋小鬍子，「到明天就將會成爲一個不愉快的回憶了。我理理髮，再修整一下外表，明天我再次出現在克拉瑞治飯店的時候，仍舊會像我扮演美國人之前的樣子——請你原諒，華生——我的英語表達似乎已經永遠不會再那麼純正了。」

「但是你已退休了，福爾摩斯。我們聽說你在南部草原的一個小農場上過著與蜜蜂和書本爲伍的隱士生活。」

「沒錯，華生。這就是我悠閒生活的成果——我近幾年的傑作！」他從桌上拿起一本書，讀出書的全名：《養蜂實用手冊暨蜂王隔離的研究》。「這是我獨立完成的。在那些日勞夜思撰著這本小冊子的日子裡，我觀察這些勤勞的小蜂群，就像我過去觀察倫敦罪犯世界一樣。」

「那你怎麼又重拾舊業了？」

「啊，我自己也常常覺得不可思議。外交大臣的隻身拜訪我還能挺得住，可是首相也打算光臨寒舍——華生，事實上躺在沙發上的這位先生對我國人民可幹了不少好事。他有自己的一幫人。好些行動都失敗了，但沒有人能找出原因來。一些諜報人員受到了懷疑，有的甚至被逮捕，但事實證明，有一支強大的秘密核心力量存在著。揭露這件事是絕對必要的。沉重的使命感使我介入此事的調查。我花了兩年時間，華生，但這兩年也很刺激。我在芝加哥開始了我的朝聖之旅，加入了布法羅的一個愛爾蘭人秘密協會，給斯基巴倫的員警們製造了不少麻煩，因此馮·鮑克手下的一個間諜注意到我，他認爲我還行，就推薦了我。你知道了這些事情，就會意識到情況的複雜性。從那時起，我就有幸得到他的信賴。這樣，他的大部分計畫都不可避免地出了差錯，他五名最優秀的諜報人員都被送進了監獄。我一直在監視著他們，華生，當他們成熟的時候我就把他們摘下來。唔，華生，我希望你還和過去一樣！」

最後的話是說給馮·鮑克聽的。一陣喘息和眨眼之後，他靜靜地躺著聽福爾摩斯說話。此刻他用德語大聲謾罵起來，臉氣得抽搐。在犯人謾罵詛咒時，福爾摩斯繼續迅速地檢查著資料。

等到馮·鮑克罵累了停下來時，福爾摩斯說道，「雖然德國話不富有韻律美，但卻是所有語言中最富於表達力的一種語言。喂！喂！」他把一張草圖放進箱子之前，眼睛盯著草圖的一角繼續說，「還應該有一隻鳥被關進籠子裡。雖然我長期注意著這位主任會計，但我不知道他竟是如此卑鄙。馮·鮑克先生，你要承擔很多責任的。」

俘虜費力地從沙發上坐了起來，望著抓他的人，神情裡混合著驚訝和憎恨。

「阿爾塔蒙特，我要和你算賬，」他鄭重嚴肅、一字一字地說，「即使花去一生的時間，我也要找你算賬。」

「又是這老調子，」福爾摩斯說，「過去我常聽到這種話。這是已故的莫里亞蒂教授最喜歡唱的小調。據說塞巴斯蒂恩·莫蘭上校也唱過此種曲調，不過我還活著，還在南部草原上養蜂。」

「該死，你這個雙面人！」德國人叫道，試圖掙脫束縛，狂怒的眼睛裡充滿了騰騰殺氣。

「不，不，還沒有那樣壞，」福爾摩斯笑著說，「我跟你說吧，芝加哥的阿爾塔蒙特先生實際上並不存在。我利用過他後他就消失了。」

「那你是誰？」

「我是誰並不重要。既然這使你感興趣，馮·鮑克先生，我可以說這不是我第一次和你家裡人打交道。過去我在德國做過大筆的生意。你也許對我的名字並不感到陌生。」

「我希望知道你的名字。」這個普魯士人冷冷地說。

「是我使愛琳．艾德勒和前波希米亞國王分開的，那時你的堂兄亨利希正出任帝國的公使；也是我把你母親的哥哥格拉勞斯坦伯爵從虛無主義者克洛普曼的魔爪中救出來的。也是我——」

馮．鮑克吃驚地坐了起來。

「是同一個人？」他叫道。

「如假包換。」福爾摩斯說。

馮．鮑克呻吟了一聲又倒在沙發上。「大部分情報是你經手的，」他叫道，「那能有什麼價值？我幹了些什麼？我永遠毀了！」

「的確是有些靠不住，」福爾摩斯說，「那些情報需要進行核對，而你卻很少有時間去核對。你的海軍上將可能會發現新式大炮比他料想的要大得多，巡洋艦可能會有點兒快。」

馮．鮑克絕望地掐住了自己的喉嚨。

「到時候很多其他的細節也就自然會水落石出了。但是，你有一種德國人很少有的氣質，馮．鮑克先生，你具有運動員的精神。你不會痛恨我的，當你意識到你這位以智勝人者最終被人以智取勝的時候。畢竟你爲你的國家盡了全力，我也爲我的國家盡了全力，有什麼比這更正常的呢？另外，」他把手放在那位趴在沙發上的人的肩上，又和聲悅氣地說道，「這總比被一些卑鄙的對手打敗要好些。資料現在已準備好了，華生，如果你能幫我處理一下我們的犯人的話，我們馬上就可以去倫敦了。」

搬動馮．鮑克不是一件易事，他很強壯，況且還拼命掙扎著。最後，兩人分別抓住他的一隻胳膊，慢慢讓他走到花園的小徑上。只是在幾個小時之前，當他接受那位著名外交官的祝賀時，他還無比自豪、充滿信心地走過這條小徑。經過一陣短暫的最後掙扎，他被抬起來塞進小汽車的空座上，手腳仍然被捆著。他那貴重的旅行包也放在他旁邊。

「只要條件許可，我們會盡可能讓你舒服一些的，我保證。」安排妥當後福爾摩斯說道，「我點燃一根雪茄放進你嘴裡不算是放肆無禮吧？」

一切照顧對於這個憤怒的德國人來說都是白費力氣。

「我警告你，夏洛克．福爾摩斯先生，」他說，「如果你們是按照政府的授意來對待我，那就是戰爭行爲。」

「你的政府和這一切行爲又該怎麼解釋呢？」福爾摩斯輕輕敲著手提包說道。

「你只代表你個人。你沒有權力逮捕我。

整個過程都是非法、粗暴的。」

「絕對如此。」福爾摩斯說。

「綁架一名德國臣民。」

「並且偷竊他的私人文件。」

「哼，你們應該已經意識到你們的處境了。當經過村子時，如果我大聲地呼救，你和你的同謀——」

「親愛的先生，你要是愚蠢地出此下策，將提供給我們一塊路標——『懸吊著的普魯士人』，你將很可能擴大我們鄉村旅店的兩種有限的權利。英國人是富有耐心的，可目前他們有點惱火，所以還是不要過於激怒他們的好。別這樣做，馮·鮑克先生。你還是安靜、理智地跟我們到蘇格蘭場去。從那兒你可以派人去請來你的朋友馮·赫林男爵，看看你現在是否仍然擔任他替你在使館隨員當中保留的空缺。至於你，華生，你還是和我們一起幹你的老本行。倫敦是離不開你的。和我一起站在臺階上，因為這可能是我們最後一次安靜地交談了。」

兩個朋友親密地交談了幾分鐘，再次回憶起往昔的日子。而在同時，他們的俘虜在徒勞地試圖掙脫束縛。當他們兩人轉向汽車的時候，福爾摩斯指著身後月光下的大海，若有所思地搖了搖頭。

「東風就要來了，華生。」

「不會的，福爾摩斯，天還很暖和。」

「華生老兄！你眞是這多變的時代裡一個固定不變的時刻。東風就要刮起來了。在英國還從沒刮過這種風。這種風寒冷而淒厲，華生。在這陣風刮來時，我們許多人很可能會凋謝。但這仍然是上帝的風。當風暴過去之後，一個更加潔淨、更加美好、更加強大的國土將會出現在陽光之下。華生，開車吧，是我們出發的時候了。我有一張五百鎊的支票需要早一點兌現，因爲開票人要是能停付的話，他一定會這樣做的。」

福爾摩斯探案系列全集（柯南．道爾著）一覽表

連載時間	英文書名．中文書名．好讀出版冊次
1887	A Study in Scarlet 血字的研究（中篇故事） 好讀出版／收錄於福爾摩斯探案全集 01《血字的研究&四簽名》
1890	The Sign of the Fou 四簽名（中篇故事） 好讀出版／收錄於福爾摩斯探案全集 01《血字的研究&四簽名》
1891-1892	The Adventures of Sherlock Holmes 冒險史（十二篇短篇故事） 好讀出版／收錄於福爾摩斯探案全集 02《冒險史》
1892-1893	The Memoirs of Sherlock Holmes 回憶錄（十一篇短篇故事） 好讀出版／收錄於福爾摩斯探案全集 03《回憶錄》
1901-1902	The Hound of the Baskervilles 巴斯克維爾的獵犬（長篇故事） 好讀出版／收錄於福爾摩斯探案全集 05《巴斯克維爾的獵犬》
1903-0904	The Return of Sherlock Holmes 歸來記（十三篇短篇故事） 好讀出版／收錄於福爾摩斯探案全集 04《歸來記》
1908-1917	His Last Bow 最後致意（八篇短篇故事） 好讀出版／收錄於福爾摩斯探案全集 07《最後致意》
1914-1915	The Valley of Fear 恐怖谷（長篇故事） 好讀出版／收錄於福爾摩斯探案全集 06《恐怖谷》
1921-1927	The Case-Book of Sherlock Holmes 新探案（十二篇短篇故事） 好讀出版／收錄於福爾摩斯探案全集 08《新探案》

國家圖書館出版品預行編目資料

最後致意【收錄原著插畫】/ 柯南．道爾著；吳樺譯．
—— 初版．——臺中市：好讀，2015.09
面：　公分，——（典藏經典；78）

譯自：His Last Bow

ISBN 978-986-178-367-3（平裝）

873.57　　104015993

好讀出版

典藏經典 78
福爾摩斯探案全集 7
最後致意【收錄原著插畫】

原　　著／柯南．道爾
翻　　譯／吳樺
總 編 輯／鄧茵茵
文字編輯／莊銘桓
行銷企劃／劉恩綺
發 行 所／好讀出版有限公司
台中市 407 西屯區工業 30 路 1 號
台中市 407 西屯區大有街 13 號（編輯部）
TEL:04-23157795 FAX:04-23144188 http://howdo.morningstar.com.tw
（如對本書編輯或內容有意見，請來電或上網告訴我們）
法律顧問　陳思成律師

填寫線上讀者回函
獲得更多好讀資訊

讀者服務專線／ TEL：02-23672044 / 04-23595819#230
讀者傳眞專線／ FAX：02-23635741 / 04-23595493
讀者專用信箱／ E-mail：service@morningstar.com.tw
網路書店／ http：//www.morningstar.com.tw
郵政劃撥／ 15060393（知己圖書股份有限公司）
印刷／上好印刷股份有限公司
如有破損或裝訂錯誤，請寄回知己圖書更換

初版／ 2015 年 9 月 15 日
初版五刷／ 2022 年 3 月 25 日
定價／ 169 元

Published by How-Do Publishing Co., Ltd.
2022 Printed in Taiwan

ISBN　978-986-178-367-3